ようこそ、老人村へ

Merde!

酒井俊樹

Toshiki Sakai

文芸社

目次

第1章　動揺と沈澱

1. 破綻《はたん》と混迷の果てに

「とうとう年金制度が完全に破綻《はたん》した。まったく支給されなくなってしまったんだ」茅野、一瞬素早く横目で盗み見る。明らかに好奇心をくすぐられているな。ひと呼吸おく。ゆったりとタバコに火をつける。道端に並ぶツツジが咲き誇っている。まばらな家屋が飛びすさる。緑繁る郊外の風景。広がる道幅。行き交《か》う車はめっきり減っている。計器が並ぶコクピット。悟、オートドライブに切り替え、ハンドルから手を離す。

「それでどうなッたンですか?」上半身全体をねじって座り直すと、横顔をまっすぐに見つめる。聴くぞ、という態勢。知りたい。

「窓を開けてもいいかな?」悟が目を離さぬままうなずくのを見てとる。ボタンを押し、窓をいっぱいに開ける。たちまち満面にぶつかる風。細い銀縁メガネの奥、一瞬目を細める。左半分の髪が波打つ。気持ちいい。初夏の柔らかい、それでいて澄んだ空気。車中の息づまる閉塞《へいそく》感を和らげるには充分だ。すぐに答えるのを避けている。

つい先ほど混みあう市内を通り抜け、五月晴《さつき》れのもと、北西の方角へとひた走っている。悟が茅野を自宅まで迎えにいき、目的地に向かって出発してから、すでに1時間近くが経過していた。そのあいだ、悟の質問に答え、今世紀に入ってからの社会の変化について、茅野は語り続けてきた。とはいえ、いつも大学で行なう講義とは異なり、形式的な堅苦しさを排除し、冒険的な私見を交《まじ》えた大胆な解説を披露している。逆に、相手が1人きりであるがための気づかいが肝要で、慣れぬ個人教授に軽い疲れを覚え始めていた。車中に2人でいる気づまりと、熱のこもった目線にも耐えなければならない。それらが入り混じり澱む雰囲気を、タバコを口実にした風が吹き飛ばし、一変してくれるのがうれしい。

「池田君はなぜ応募してくれたんだい?」茅野、質問には答えず、話題を変える。悟に目をやることなく、顔を風にさらしたまま。

「ホントはデートの約束があッたンですけど、助手の募集に興味を引かれたンで……」言い澱む。すかさず、

「どこに?」聴いてみたい。その答えによって、これからどう接するかを決めよう、とも考えているのだから。

「センセイは、この調査を論文に活かされるンですよネ。調査が論文にどうつながるのか、そして論文がどんな結論なのか、大いに注目しています。なにしろ、ナゾのセンセイですから」悟、少しあら

たまったふうだが、最後は地のまま。

「謎の？　なぜ？」茅野、なんのことだかまるっきり思い当たらぬ、不思議そうな目つきで見返す。

悟、以前から抱いていた疑問をぶつけるチャンス、とばかりに勢い込む。

「茅野センセイは学校きッてのスゴイセンセイと評判じゃないですか。でも、まだひとつも本格的な論文を出されてないでショ。黙して語らなかッたセンセイが初めて口を開くンだから、誰だって興味シンシンですヨ。それに、もともと社会病理が専門だッたのに、助教授になッてから哲学に転身されたのもナゾですしネ。こんな経歴の持ち主は、日本中でセンセイだけでしょう」潑剌《はつらつ》と輝く目。茅野に対する畏敬《いけい》の念。かしこまり、肩に力の入った言葉の端々。その理由を知りたいという詮索癖が、ありありと感じられる。

「デートをすっぽかすだけの値打ちがあるかな？」茅野、肩すかしをくらわせる。軽い揶揄《やゆ》を含んだほころび。やはり視線をあわさず、なにやら考えている。

「いいンです。いつだッて会えるンだから。それに引き換え、この調査は今しかないでしょうから」思わず愛想よく微笑み返している。茅野、聞き流す。20秒ほどの、やや長い沈黙。悟の日焼けした凛々《りり》しい顔立ち。鼻筋が通りスッキリした頬。太めの一文字眉。くっきり整った二重瞼。わずかに茶色がかって澄んだ、表情豊かな目。キッと結んだ薄い唇。ときおりこぼれるまっ白い歯。まるで美男子を定義し、具現したかのよう。じれったさを抑え、長すぎる間合いに耐えている。茅野、おもむろに解説を再開する。

「直接のきっかけは、中国でバブルがはじけたことだった。自由経済化推進の極端でいびつな急成長、そのソフトランディングに失敗したんだ。中国は自国を守るため、即座に経済封鎖に踏みきった。非常事態に対する緊急避難、これが彼らの大義名分だ。貨幣の交換と物の移動を禁じ、報道管制を敷き、政治関係者以外の入国を認めなかった。いかにも中国らしい、仁義なき処置じゃないか。世界の工場であり、かつ世界経済に多大な影響を及ぼす巨大市場だけに、そのショックはかつてなくすさまじく、広範で甚大《じんだい》だった。疾風のごとく瞬時にして、信用不安が世界中を駆け抜けた。地球が1回転せぬうちに、あらゆる国で貨幣・株・債権・土地が暴落し、物価は倍々ゲームで暴騰した。これが第2次世界恐慌と呼ばれているものだ。中国に進出していた外資は、たちまちにして倒産に追い込まれていった。日本を含め、先進各国は中国に巨額の投資をしていただけに、その回収をできなかったのが命取りとなった。かねてより弱体だった金融機関も当然ながら壊滅し、もたれあう経済が将棋倒しとなって、もろくも崩れ去った。失業と貧困、犯罪と自殺が渦巻く混乱のなかで、日本はあっ気なく破滅し、三流国へと転落した。今世紀初頭において、政治経済の指導的立場にあった人たちが、この恐慌を事前に真剣に読まなかったことが、最終的な致命傷になったと言えるだろう。

年金が破綻《はたん》するまでに、政府もなんとかしようと、もがきはしたんだけどね。いかんせん、そもそも年金制度の構造そのものが、根本的にネズミ講なんだから、負担する分母が増えていかなければ、維持できるはずもないんだ。まったくおかしい国だね。ネズミ講は違法なんだが、国ぐるみでなら、それをやってもいいんだから。三権分立などと言いながら、司法は立法に対して、なんらチェック機能を果たしはしなかった。僕らが学校で習ったことは、嘘っぱちだらけだったね。総じて言ってしまうなら、この国は民主主義なんかではなかったんだ。個人の確立なしに、個人と社会の関係づけなしに、民主主義などありうるはずもない。

最初は、互助的性格をもった民間の生命保険や個人年金が、運用難で解散。税収の極端な落ち込みと不払い、保険料の不納付によって、すでに疲弊《ひへい》していた国の財政が破産。おびただしい失業者の出現で、失業保険が崩壊。みるみる社会不安が肥大していくなかで、健康保険や介護保険、身体障害者手当・生活保護・母子手当などが次々となくされ、社会的弱者は切り捨てられた。だから、大幅に減額されたとはいえ、老人にとって年金はまさに最後の砦《とりで》だった。それだけにショックも大きかったんだな。

年金破綻《はたん》後すぐに目立った現象は、犯罪の急増だった。もちろん、犯罪というのは金品目当てのもので、手口としては単純な窃盗や強盗の部類が多かった。警察の処理能力が追いつかなかったために、統計は氷山の一角にすぎないんだが、食料品の万引きなどはそれをはるかに超える実態だったはずだ。生活必需品を盗むのは日常茶飯事《さはんじ》で、やらなかった人の方が少なかったくらいだからね。集団での略奪や破壊なども公然と横行するようになり、治安はちぢに乱れ、商店は閉鎖へと追い込まれた。逆に、車や路上でのにわか商売が、いたる所で見られるようになった。第2次世界大戦の終戦直後が再現されたようだと、年寄りたちは言っていたもんだ。こうした盗み以外に、偽カード・詐欺まがいや業務上横領などが頻発した。犯罪に手を染めるのは、当の本人である老人に限らず、実際にはその息子など家族の方が多かった。老人は万引きくらいはできても、強盗なんかは無理だからね。それに息子らの方が、仕事を通じて着服などをやれるチャンスがあるし、金額も大きいということなんだろう」もみ消したタバコを2本の指先でもてあそび、その吸殻に視線を泳がせながら話している。段落させ、あきらめたようにゴミ袋に放り入れる。悟、センターコントロールで窓を閉めようとする。茅野、それを手でさえぎり、声を風に飛ばしながら続ける。

「4カ月ほどたったころから、老人の自殺が激増した。この時間の差が、ちょっと興味のある留意点だ。これも統計をうのみにするわけにはいかないが、従来の数10倍に跳ね上がったとされている。おそらく、本当はもっと多かったに違いない。それまでは老人の自殺といえば、病苦や孤独によるものが大半だったんだが、経済的理由が抜きん出て他を圧倒した。聞くに耐えない悲痛な例や無惨な最期の姿が、いたる所にいやというほどあった。あまりの多さに、新聞もいちいち記事にすることを止めたし、テレビでも取り上げなくなり、毎日その人数だけを報じていた。日常的なことや当たり前のことは、ニュースとしての価値がないということなんだろう。うがった見方をすれば、人々の感覚を鈍らせる手段ともとれるね」何かに思いを巡らせるかのように、遠くかなたに目をやり、言葉を切る茅野。悟、その横顔から目を離さず、注意深くうかがい続けている。レッスンが進むにつれ、その時代背景に引き込まれていった。

「それにしても完全なハタンにいたるなンて。そうなるまでに、なぜ政府は有効な手立てを打たなかッたンですか?」唇をとがらせ、追及する目つき。いかにも憤懣《ふんまん》やる方ない抑揚と面持ち。茅野、唇の端だけにニヤッと薄ら笑いを浮かべる。

「その原因や経過を逐一《ちくいち》話せば、1週間あっても足りないくらいだから、これまでのごく簡単な概要だけで勘弁してもらうよ。詳しいことは情報省の開示データを検索すればいいし、現代史や経済や社会学の連中が多種多様な見解を出しているから、読んでみるといい。無用の長物だけどね」茅野はかねてよりこの学生に目をつけていた。単に優秀だからではない。明確な目的に向けられた、旺盛な知的好奇心。それにも増して、実現する意志の力を持っている、と感じとっていたからだった。

「精神面の考察を忘れてはならない。日本人が自立していないのは、一般的には、教育などの社会制度に起因していると考えられている。が、僕は精神そのもののありように、根本的な問題があると思っているんだ。なにしろ日本人は、何世紀も昔の村社会精神のままなんだからね。その根底にあるものは、自己確立とは正反対の甘えだ。それは突きつめることや厳格さや責任を忌《い》み嫌い、安心・安定・安楽・安穏など、安を求める精神なんだ。安は易さであり、闘い勝ち取ることをも拒む。この甘えから派生するのは群がり・もたれあい・本音と建て前、同類意識など同質性への欲求と異質の排除、妥当さの要求と正しさの放棄などなど、ひっくるめて言えばなあなあの社会だ。当時、唐突に自己責任という言葉が浮上したことがあったんだが、その意味を本当に理解していた人は、ほとんどいなかったことだろう。その証拠に、セイフティネットという言葉遊びを抱きあわせていたからね。精神的な独立がなければ、何をやっても半端にすぎない。ヨーロッパには自己を確立する時代があったが、残念ながら日本にはそれがなかったということだ。端的に言いきれば、いまだ人間にならざる人々、なんだ」常に冷静で、客観的な姿勢を崩したことのない茅野。その口調に、激しい憤《いきどお》りと冷笑が根強く息づいている。悟、決して聞き逃がしたりはしない。驚き、新鮮に受け止める。『きっと論文は斬新なものに違いない』。

「センセイ、それらの状況を引き金に、老人暴動が起コッたンですネ？」

「そう、その年のすえに、最初の暴動が起こった。東京をはじめとする12の都市で、ほとんど時を同じくして、自然発生的に勃発したんだ。都会では金がなかったら即、食べられないからね。その上、電気とガスを切られ、冬の寒さと暗さを耐え忍ばなければならない。それに年寄りにとって、正月を迎えるということは、独特の気分がある時代でもあった。しかし数日のうちに、赤子の手をねじるように、いともたやすく鎮圧されてしまった。そりゃぁそうだよね、なにしろ老人対警察なんだし、しかも準備もしないでやったんだから。老人たちのなかには、若かりしころに学生運動をやった経験者がいて、警察の隊列に素手で挑みかかっていった猛者《もさ》もいたようだけどね。まあ、自然発生したことに意義がある、と見るべきなんだろう。もしこの暴動がなかったとしたら、次もなかったろうしね。窮《きゅう》鼠《そ》猫を噛むというやつで、羊の群れといわれた日本人がやったんだから、それほど食いつまって命がけだったんだ」口をつぐみ、唇を噛む。遠い過去の一点を睨む眼差しが、フロントガラスを突き破っている。悟、その様子をじっと見守る。そこに初めて、隠されていた感情がうごめいているのを垣間《かいま》見たと思われる。

「犯罪と自殺のハンラン。今日の食いぶちにもこと欠き、医療も受けられない。そこまでいかないと、暴動は不可能なンですか?」目の前で、老人がこと切れる場面を想い描きながら。理不尽を赦せぬ、といわんばかりの昂《たか》ぶり。純真な青年らしさがのぞく。

「悲しいかな、そのようだね」ため息にも似た力なさ。絶望的な苦悩が沁み込んでいる。全身を耳と化した悟、精神のうめきを鋭く捉《とら》える。『この調査にも、何かいわくがありそうだな』。たいした間を置くことなし。茅野、気を取り直したように、ふたたび語り継ぐ。

「生活を取り巻く実態は、さらに一段と悪化していった。老人の餓死者が相当数にのぼり、腐乱死体が発見されることもしょっちゅうだった。食べ物さえあれば救える老人が、朦朧《もうろう》とする意識のなかで身もだえすら叶わず、ひとりひっそりと息を引き取っていったことだろう。ときどきは、道端に倒れたままの姿を見かけたものだ。あるとき誰のしわざか、国会議事堂前に餓死者の山が築かれるという、ショッキングな事件が起きた。さすがに大々的に報道されたんだが、醜悪な出来事として葬られた。

いったいどれくらいの人々がそうして死んでいったのか、信頼できるデータは残されていない。そして、意外なことに思われるだろうが、その子供たちは食いつまるほどの貧困ではなかった。飢え死ぬのが老人に限られていたことが、それを証明している。これは事実であり、決して見すごしてはならない留意点だ。

翌年の春先に、2回目の暴動が起きた。今度は全国的に組織された運動体で、計画的だった。そんな情況だったから、動ける老人のほとんどが決起し、若者や中年層も大勢加わっていた。もちろん止める者などいなかった、政府を除いてはね。キミには笑い話に聞こえるかもしれないけれど、警察と自衛隊が出動するにはしたんだが、実際には鎮圧しなかったんだ。当時、広く論議を巻き起こした、有名な宣伝ビラがあった。『自衛隊諸君に問う。上官の命により、君は我が父母を殺すか？』という文句だった。彼らにも両親や祖父母がいるんだからね」チラッと目を見やり、反応を確かめる。悟、一直線の攻撃的な視線。厳しく硬直した顔つき。持ち前のどん欲な知識欲も露わに、

「それで政府が解散となッたンですネ。そのあとがよく分からないんですヨ」無意識に身を乗り出す。凝視。その圧力に押されたのでもあるまいが、茅野、肘を窓に置きドアに寄りかかる。前方を向いたまま、顔を風に当てる。固く閉じこもる無表情。

「1カ月後に暫定政権が樹立された。その最優先課題は、言うまでもなく、老人の餓死と自殺を食い止めることだった。かつてなく斬新で思いきった施策が、次々と打たれていった。同時に、その原因

となった年金破綻《はたん》の責任追及も怠らず、前代未聞の国民裁判を開設した。この裁判は、年金制度が国家的犯罪であるか否かを問う裁判で、年金制度開始以来の歴代総理大臣と、関係大臣をはじめとする全代議士が告発された。当然ながら、所管する省庁の幹部たちも被告に名を連ねていた。日本中の学識経験者や知識人と呼ばれていた人たちが、裁判官に任命されたり、検事側や弁護側としてなんらかの係わりを持つという、国を挙げての大規模なものだった。戦争犯罪を裁いた極東裁判も足元に及ばない、まさに空前絶後の政治裁判だ。議論の中心課題は、政治犯罪と失政の定義づけにあった。意図して行なった犯罪なのか、それとも単なる失敗なのか、というわけだ。

約1年半に及ぶ侃々諤々《かんかんがくがく》の大激論のすえ、有罪が確定した。内容的に重要な点は、予見可能な状況に対する無策を政治犯罪と認定したこと。また、政治家たる者の政治責任を厳格に規定し、退任後も死後もその責を問うとしたことだ。それは社会正義を究極まで追求する、画期的な判断と絶賛されるに値するだろう。過去を清算し新社会を構築する上でも、正当かつ必要な宣言だった。他方で注目すべきは、それら代議士を選出した国民の責任にも言及したことだ。個と公を説き明かし、個人が社会と時代に対して背負う責務を明確にうたった。自己を確立することなく、周りを見回しながら暮らしてきた人々にはショックだったようだ。自己なき者に社会なし、と申し渡されたようなものだからね。被告の量刑を決めるには、さらに3年に及ぶ検討と歳月を要した。すでに死んでしまっていた被告が多かったし、その子孫の財産を没収するという、辛辣《しんらつ》な意見が強かったんでね。こうした動きが同時に並行して行なわれていたので、選挙をやって国会や政府を作るにしても、誰も代議士になろうとはしなかったというわけだ」茅野、舌打ちしそうになり、かろうじて押しとどめる。悟、うなずき、その様子を好ましく感じとる。

「大臣や代議士といッても、そんな程度のモンだということですネ。それ以来、日本は従来の民主主義ではなく、無政府的直接民主主義なんですネ」胸を張り、自慢するかのよう。

「法案提出の自由と国民投票による直接民主主義をベースとした無政府、というふうに定義されているね」茅野、何か意味ありげな、含み笑いとも嘲笑ともとれる皮肉な笑み。わざとらしく目もとを緩め、唇を歪める。

「当時、センセイはおいくつだッたンですか?」

「年金破綻《はたん》のときは、14歳になったばかりだったな」

「東京におられたンですよネ。そのときにはどう感じたモンですか?」悟、鋭い目を爛々《らんらん》と輝かせている。視線が突き刺してくる。

「今言ったような、いろんなことが起こっているのは知っていたんだが、当時はそういうことにはあまり興味がなくてね……」悟、故意にはぐらかす答えだな。これ以上訊くな、という示唆《しさ》かも。失望しかけるが、感受性の強い茅野にはありえないことだ、と瞬時に思い直す。『わざと避けたからには、何かがあるはずだ』。茅野、眉根を寄せ、黙したまま。飛びのいていく景色に見入っている。それらを記憶にとどめようとしているのか、何ひとつとして見逃さぬよう、つぶさにむさぼり見つめている。悟、前を向く姿勢に戻り、シートをややうしろへ倒す。やおら両手を枕に目をつぶる。

いくらかの時間がたったころ、やんわりとした茅野の声が、遠くの方でかすかに聞こえる。

「…、……どこか、トイレのある所で停めてくれないか」悟、ビクッと目を開ける。と同時に、反射的に跳ね起き、上半身を直立。その瞬間、待ち構える視線に出っくわす。

「すいませン。ついウトウトしてしまッて。いつもより朝が早かッたモンですから」弁解が口をついてしまっている。恥の上塗り、二重のバツの悪さに襲われる。

「気にすることはないよ。キミは若いんだからよく眠らなくちゃ。早起きさせて悪かったね。昼までには着きたいもんだから」言い訳がましさで同等の立場を作り、寛容と微笑。悟、ホッと和んでいく気分。

「トイレでしたネ。ついでに喫茶店でコーヒーでも飲みますか?」シートをもとに戻し、尻を落ち着かせる。

「いや、早く着きたいから、飲物は自動販売機にしよう」悟、聞きながら、ナビでトイレを探す。あった。

「あと2分くらいでトイレがあります」相手はほんの少しだけうなずいたようだ。車はすでに、山間部への入口にさしかかっていた。

「これはキミの車かい?」ふいに訊く。珍しいことに日常的な話題。悟、かえってどうかしたのかと勘ぐってしまう。

「エエ、ボクのです。ニューモデルが欲しいんですけど、お金がないからしかたないです。ナント15年モンのセコなんですヨ。だから触媒で水素燃料を発生させる旧タイプなんです」気恥ずかしそうなにが笑いだが朗らか。道路標識を見つけようと、前方に目を配っている。茅野、何も言わずその横顔をしげしげと見つめる。これが次の世代か、との思いがひしひしと湧き上がってくる。

「ア、ここですネ」言いながら、休憩所の看板を指さす。スピードを落してゆっくりと道路脇に入り、矢印表示に従って駐車場に停めた。センターコントロールでドアを開ける。あいついで降り立つと、背後に自動で閉まるドア。

茅野、トイレから出てくる。悟、少し離れたベンチの前をぶらつきながら、楽しげにケイタイで話している。茅野、太陽に向かい、両腕を高だかと挙げて胸を張り、大きく全身を伸ばす。悟、気づくと、あわててケイタイを切りながら、速足で近づいてくる。

「彼女なんだろ? ゆっくり話せばいいじゃないか」茅野、窮屈な空間から解き放たれ、陽を浴びる大らかな声をかける。悟、照れくささを覆い隠せぬ笑顔を振りまく。

「いいンですヨ。いつだッて話せるンですから」ケイタイを握った左手を軽く横に振り、構わないんだとの意思表示。友人と話すような気軽さで、打ち解けた快活さ。足早にトイレへと入っていく。うしろ姿を追う視線。スラッとした長身。広い肩幅と背中。ウエストラインの高さ、長い脚。キリッと引き締まって張った尻と太もも。スポーツ選手にもってこいだな。栗色と薄茶色のツートンに染めた長めの髪。流行《はやり》とはいえ、ちょっとオシャレな印象。まるでCG画面から飛び出してきたような、非の打ちどころなく完成された、目を見張るスタイル。加えて、あの美しい顔立ち。さらにその上、朗らかで明るい性格と、回転のいい頭脳を持ちあわせている。女性に大いにもてることだろう。以前は、天は二物《にぶつ》を与えずと言ったものだが、彼らにはすべてが与えられているかのようだな。いかにも忌々《いまいま》しげに宙空を睨み上げる。

「センセイ、アチラに自動販売機がありますが、何がよろしいですか?」ハンカチで手をふきながら、トイレから出てくるなり尋ねる。先ほどケイタイをかけていたときに、見つけておいたのだろう。茅野、黙ったままその方向へ歩を進める。自販機には100ミリリットル入りの飲み物が、50種類ばかり並んでいる。色とりどりで賑《にぎ》やかなことだ。ジャケットの内ポケットから紙入れを取り出す。カードを自販機の目にかざし、しばしとまどい、冷たいブラックコーヒーのボタンを押す。

「キミの好きなのを押したらいいよ」膝を折って、合成繊維製のパックを取り出しながら。

「いただきます」悟、迷わず炭酸水を選ぶ。2人並んで飲み始めたとき、

「キミは、その100ミリの炭酸を飲むのは平気なのかい?」茅野、目線でパックをさし示し、悟の茶色がかった明るい目を見て訊く。

「エエ、なんともありませンけど……。センセイはどうかされたンですか?」なぜそんなことを訊くのか。けげんそうに目をキョロつかせ、顔つきをうかがう。

「いやぁ、最近は食料剤だけで済ましてしまってね。自然食を食べていないもんだから、胃が受けつけなくなっているんだよ」確かにこの数週間というもの、妻が作る食事にはまったく手をつけず、睡眠も書斎で数時間うたた寝する程度だった。悟、そういえば最後に会ったときと比べると、頬がいっそう抉《えぐ》れて陰が濃く、眉根の縦ジワがより深く刻まれ、大きく黒い眼だけがギョロついているようだな。この調査に同行する件は、文字だけの旧式メールでやりとりしていたので、この3週間ほどは顔を見ていなかった。なぜ今まで気づかなかったんだろう。

「それはイケマセンネ。ヤッパリ規定通りに食事しないと、すぐに内臓が働かなくなりますからネ。医者に寄りましょうか?」心配そうに思いやる眼差しを、柔らかく浴びせる。茅野には、そうした気づかいが心苦しく辛い。

「いや、そんなにひどいわけでもないから必要ないよ。それにしても、情けないことだねえ。もう自分の身体じゃないみたいで……。もともと、人間は動物だったはずなんだがなぁ」嘆きが耳につく。悟、聞かぬふりで、ググッと勢いよく飲み終え、ゴミ箱に容器を投げ入れる。茅野、ひと口しか飲まなかった残りが入ったまま捨てる。どちらからともなく車に歩み寄り、ふたたび車中の人となった。

「センセイは風に当たるのが好きなようですネ。オープンにしましょうか?」気分が悪そうな茅野を気づかい、様子を探るように持ちかけてみる。

「天井が開けられるのかい？　それはありがたいね」歳に似合わず無邪気に顔をほころばせ、子供じみたはしゃぐ笑み。悟、新発見にうれしくなる。

「センセイはそんなことも知らないンですか。今どきオープンにできない車なンてありませんヨ」褐色の頬を緩ませて美しい笑顔を作り、ボタンを押す。波打つ強い風が、真正面から襲いかかってくる。空気に逆らって走っているのを実感する。悟の長い髪を打ちなびかせ、目をしばたたかせる。茅野、メガネのおかげで平気だが、悟の様子を見てとり、

「半分くらいでいいよ」風に抵抗して叫ぶ。悟、開き具合を調節。適度の風に治まると、オートドライブに切り替える。茅野、窓に肘を突き、その掌に頬を載せ、頬杖をついている。なにやら思いに耽っているように感じられ、話しかけるのがはばかられる。さっきは血の気が引いて蒼白かった顔に、わずかばかりではあるがほんのりと赤味がさし、生気が戻ってきているようだ。

2．人は数

「センセイ、話をしてもいいですか？」悟、おずおずと声をかけてみる。思いに沈む茅野の様子が気にかかる。

「もちろんいっこうに構わないよ。気をつかわせて悪いね。いつものことだから、放っておいたらいいんだよ」茅野、頬杖を突いたまま。首から上だけを悟の方へとひねる。奇妙に明るい笑い顔を作って見せている。悟、風に当たって本当に気分がよくなったのか、それとも装っているだけなのだろうか、などと思い迷いながらも、質問せずにはいられない。

「目的地は〔老人村〕ですよネ。1泊2日で何を調査するンですか?」ネットでの募集には、研究調査が目的で助手を募るとあっただけで、具体的な内容はなんら示されていなかった。悟はすぐさま飛びついて応募したのだが、募集したのが茅野だというだけの理由からだった。謎の先生がなにやら調査に動きだすということに、いわく言いがたく好奇心を刺激され、興味をそそられたのだ。数日後のメールには、行き先は〔老人村〕、1泊2日で食料剤と寝具持参、車使用、5月15日の朝8時に車で自宅に迎えにきてほしい、とだけ書かれていた。調査の具体的な目的や内容にはいっさい触れず、助手の役割も明らかにはされていなかった。悟はその簡単なメールを幾度となく読み返し、メールには書けない理由があるのかもしれないと考え、了解したとの返事を打ち返したのだが、当日顔を見ながら訊こうと決めていたのだった。しばらくのあいだ、茅野は何か考え込んでいるふうだったが、沈黙が重くなりかけたころ、

「その前に、キミは2回生で19歳だったよね?」知っているにもかかわらず、念を押す調子。

「エエ、明日でハタチになります」悟、けげんそうな目つきで、相手の目を覗き込みながら答える。

なぜいまさら、分かりきった歳の話が出てくるのだろうか。

「なぜ〔老人村〕なるものが造られるに至ったのか、当時の世界情勢を理解しているのかい？」茅野、いかめしい学者の表情に豹変。威厳をもって学生に問う。空気がピッと張る。その迫力に気《け》おされ、ドギマギしてしまう悟。

「イエ、充分に理解しているとは言えませン」頬が引き締まる緊張の面持ち。いかにもいさぎよくハッキリと言いきる。ヘタに解かっているとは言えない。

「いやいや、ここは大学じゃないんだから、脅かして悪かったね」茅野、顔前で手を軽く振る、否定の意。その手で乱れる髪をすく。

「ついつい、職業病でね。だけど、それを解かっておかないとね」苦笑を漏らし、言い足すように続けていく。

「地球人類救済会議ができたのは、日本で年金が破綻《はたん》する数年前で、深刻化する食料不足を契機としてだった。それまでの環境会議のような有名無実なものではなく、全世界に指導力を発揮できる機関としてだ。強力な国際組織で地球規模の施策を推進し、具体的な成果を得なければならなかった。名称の通り、地球と人類を救うためにね。それだけせっぱつまっていたということでもあるんだ、地球も人類も」初心者向けのこんな解説は、相手を愚弄《ぐろう》するものではないかとうしろめたいのだが、短時間では仕方がないとあきらめて割りきっている。悟、まんじりともせず、険しい目つきで解説を聴いている。茅野、簡略を心がけ、続けていく。

「この地球人類救済会議の最も重要な課題は、食料の確保と温暖化及びオゾンホールの対策だった。もちろんそのほかに、地球の痛みに関する事項として、自然の修復と保護、生態系のひずみや資源枯渇など、多岐にわたる問題を抱えていた。それらの問題解決のために、政治・経済・科学・文化などに、幅広く精力的に係わっていった。自然は全体バランスだから、1点だけ攻めても解決できないからね」悟、首を縦に1度振り、同意を表す。

「ここからは自然科学の分野が入ってくるので、僕にもよく分からないことがあるのは容赦してもらいたいんだ」用心深い前置き。悟、ふたたび小さく首肯《しゅこう》。茅野、それを横目で確認してから話に戻る。

「地球温暖化は、発電や自動車で化石燃料を大量に長時間燃やし続けたことと、森林伐採などの自然破壊の結果としてもたらされた。成層圏内は温室状態になり、地上は言うまでもなく、海水の温度もじわじわと上昇していった。さまざまな異常気象が発生したり、自然界に異変が現れたりするようになったのも、温暖化が進んだ20世紀後半からだ。当然ながら、生態系に狂いが生じたことも含まれる。そのころ、一部の学者や団体が警鐘を鳴らしたんだが、今すぐの危険がないことから切迫感がなく、世界中がおざなりな対応しかしなかった。また、代替エネルギーの開発を怠っていたため、経済的被害が小さくて効果の大きい手立てを持っていなかった。ひと言に要約すれば、環境より経済を優先させた。つまり、金が何より重要で、将来より現在というわけだ。極論すれば、自分が死ぬまで無事ならいいんだという、エゴイズムが勝ち続けていた。

オゾン層が破壊されて穴が開いていることも、20世紀後半に初めて南半球で確認された。当初はオゾンホールが小さかったことと、具体的な影響や被害がよく分かっていなかったために、大きい問題とはされなかった。が、しだいにホールが大きくなり、特に白人の皮膚ガン発症率が高まって、注目され始めたんだ。調査研究の結果、破壊物質が何であるかはおおむね特定できたが、それを除去する方法は開発できなかった。破壊物質は地上から上昇していくんだが、オゾン層に到達するまでに数10年かかる。つまり、地上からオゾン層の間に数10年分の破壊物質が溜まっていて、昇り続けているということだ。しかもその上昇中の物質量は、時を追うにしたがって、桁外《けたはず》れに増加していた。ホールはどんどん拡大していき、南だけでなくとうとう北半球にも出現した。それでもなお、地上では破壊物質を発生させ続けていたんだ」

「どうして止めなかッたンですか」悟、思わず怒ったように口をさし挟む。挑みかかる口調。義憤《ぎふん》。

「そりゃあ、経済的欲望と子孫への無責任と自然に対するおごりからだよ。加えれば、現象しか見ない愚かさかな」あまりにも簡単に、あっけらかんと言ってのける茅野。その目をつくづくと見つめる悟。開いた口がふさがらない思い。それを感じとってか、とどめを刺すかのように、

「とどのつまりは、人間の問題なんだ」そう動く薄い唇。機械仕掛けでもあるかのよう。冷ややかに突き放される距離を感じながら、悟、じっと唇を睨みつけている。

「結局、予想もできなかった自然の損傷、植物から動物にいたる生態系全体のひずみが、眼前に繰り広げられた。穀物や野菜などに異様な変質が現れ、魚介類に奇形や原因不明の大量不審死が発生し、食用家畜に始まった奇病が人類にも及んだ。それらには、明らかな傾向が見受けられた。細胞の変質・新種のウイルス・脳神経系を壊すもの、それに突然死だ。それらは人類がバイオと称して行なったこと、動植物の品種改良だの食品化学や医学などでいじくり回したもの、人類が人工的に創り出した反自然的な環境条件、そうしたことに起因するのではないかと推定された。結果に対して無責任でやりたい放題だった科学は、自然界からのしっぺ返しに対応することができなかった。もはや南半球は人が住めない場所と化していた。また当然の帰結として、動植物とも危険で食用にできなくなり、深刻な食料不足に陥《おちい》っていったんだ」中断し、タバコを取り出して火をつけようとする。強い風のために、何度もやり直さなければならない。

「まッたくヒドイ話ですネ。聞くに耐えませんヨ。人類はそれほどまでに愚劣なんでしょうか?」悟、まるで自分のことのよう。怒りをむき出しにしたかとおもうと、一転して落胆も露わに、いかにも惨《みじ》めそうな嘆きを漏らす。茅野、煙を細長く吹き出すが、瞬時に風に奪いさらわれる。顔をねじ向け、グイと突き出し近寄せる。相手の目を真正面に捉《とら》え、見すえる。悟、驚き、のけぞりそうになるが、踏みとどまる。

「20世紀は経済と科学の世紀だったと総括されているが、いったいその結果はどうなんだい?　池田君、人類が滅亡したのちに、宇宙人が地球にやってきたとしたら、彼らは地球人にどんな評価を下すんだろうね」子供だましの幼稚なSFもどきの疑問を、真顔で真剣に投げかける。悟、何か言おうとするのだが、口ごもる。茅野、素早く手を振って押しとどめる。

「それがテーマだよ、キミのね」悟、緊張に目を見開いたまま。ピクリとも動けない金縛り。見すかすような鋭い視線にさらされ、囚われている。胸を射抜かれ抉《えぐ》られたという強烈な感覚が、のちのちまでも残るものだ。『ボクのテーマ』。狂おしい空気が風のなかに渦巻き、濁って澱む。

「オゾン層破壊は、地球にもうひとつの影響を与えた。それは温暖化に拍車をかけ、急速に促進したということだ。太陽光線の直撃が弾みをつけた。両極は言うに及ばず、地球上のすべての高山から氷が溶け出し、海面を押し上げた。あらゆる地域の海岸沿いで、都市や埋立地が水没したし、無数の島々が地図上から消え去ってしまった。内陸部では、山から水がなくなったことで植物が打撃を受け、短期間に砂漠化が拡大していった。それらの結果、人の居住可能な面積が大幅に減少してしまった。もちろん、グリーンランドからアラスカにかけて、シベリアから北欧のように、あらたに住めるようになった元寒冷地もあるにはあるが、森林を伐採する開拓はできなかったから、たいして有効ではなかった」茅野、まだ長いタバコをにじくり消し、袋に捨てる。シートに深々と身を沈める。

「それだけの悲劇が、よく重なッたことですネ」悟、なんとまあ。

「いやいや、勝手に重なったんじゃない。人類が積み重ねたんだ。その目的が不明であるばかりか、方法にすぎないことさえ解かっていない科学には、良識も思慮分別もない。ましてや弁《わきま》えなど、あろうはずもない。そんな科学を、野放しで1人歩きさせたんだからね。まるで、戦争ごっこ好きの幼児に実弾入りの機関銃を持たせるようなもので、手当たりしだいにあたりかまわず、撃ちたい放題に撃つってわけさ。これから行く〔村〕は、科学がもたらした結果の、ひとつの証拠だ。科学は方法でしかないことを自認し、何に支配されるべきなのか、何を目的とするのか、それを明確にすることこそが第1命題だろう。科学の誤まり、その根にあるものはひとつ、欲望だ。人類の意のままに自然を支配し、豊かさだの利便性だのと都合よくどん欲に満喫しようとした、欲望なんだ。人間の人間たるゆえん、それこそが、実は人間の最大の敵なんだ」茅野、挑むようでいて、投げやりのような。静かに瞼を閉じる。眉根に深いシワを刻み込んでいる。落ち窪んだ目、抉《えぐ》り取られた頬から突き出た骨。悟、惹きつけられるように見入っている。きっと若いころには、熱情と才知が鋭利な切っ先となって、ほとばしっていたことだろう。『この人は人間の苦悩を引き受けている』。

あらかじめ入力された走行計画に沿って、進路を北にとり、山あいを縫って走り続けている。市内に比べると、気温が3度くらいは低く感じられ、風が体温を奪い取っていく。茅野、ムクムクと座り直し、姿勢を正す。

「天井を閉めてくれないか」もの静かな低い声。

「まともに風が当たると、さすがに肌寒いですネ」狭まっていく陽光、広がる陰。窓から吹き込む風が強調される。茅野、またまた黙りこくる。悟、続きを聞きたくてウズウズ。先を話したくないのではないかという懸念が、頭をもたげてくる。

「センセイ、続きを教えてもらえますか?」勇気を奮って打開を図る。ダメでもともとという気持ちも働く。あにはからんや、

「そうだったね。話の途中で黙り込んで悪かったね。どうも最近、こんな調子で……」茅野、不安そうに投げかけられる茶色っぽい目に、自嘲ぎみの笑みを送る。どこまで話したんだったかな、そうそう、そうだったな、というふうに。

「環境問題と関連が深く、切り離せないという理由で、人口問題も地球人類救済会議が取り扱うことになった。それは、世界規模での強力な対策を打つ、という意味でもあった。1年あまりにわたるきわめて慎重な議論を踏まえて、ついに決定が下された。基本姿勢として示されたのは、人類の健全で計画的な存続と、それを可能にする地球環境の実現を目指すことだった。具体的施策としては、まず第1に、南半球に住む人々のうち、希望者は北に移住させる。あらたに居住できるようになった地域と、人口密度の低い地域が受け入れる。南に残る人は、救済会議の対策対象とはしない。第2に、食料不足と居住可能な面積などからして、世界人口の維持は不可能であり、各国の責任において人口を減少させ、かつ、人類の将来のために健全な年令分布を実現する。第3に、気温適正化・オゾン層修復・科学食料・生化学や医学など人命科学の技術開発と運用は、救済会議の厳重な管理下で行なうこ

とした。主要な決定はこんなところかな。当たり前のことだが、これらの決定には達成すべき数値とスケジュール、それに実施方法をまとめた実行計画が添えられていた。日本では、ちょうど2回目の暴動が起きる直前のことだった」

「このこともあッて暫定政権の樹立を急いだンですネ。話がつながッてきましたヨ」悟、喜び勇む口調。過去の経緯の根幹は理解できたな。

「それから、日本ではどんな動きになッていッたンですか?」せきたてる。胸中、好奇心の先走りを感じている。

「日本では、沿岸に集中していた大都市の大半が、沈没してしまっていた。東京の3分の1、大阪の半分、名古屋・静岡・広島でも、といったぐあいに。それだけ住める場所が減っていたし、それ以前から人口密度が高かった上、言語・宗教・文化・習慣など、さまざまな点で南半球の人々とは共通性がなかったから、当面は受け入れなくてもいいことになった。じっさい、日本を希望する人もほとんどなかったようだがね」

「そう言われると、チョット寂しい気もしますネ」不満そうな言葉のわりには、当然だといわんばかりの顔つき。日本を嫌っているのか?　茅野、とりあわず進める。

「とりあえず日本が抱えた課題は、いかに人口を減らすか、いかに年令分布を健全にするか、に絞られた。だが、じつは、これがとてつもなく大変な内容だったんだ」ここで止め、注意をいっそう喚起し、意識を呼び込む。

「何がそんなに大変だッたンですか?」悟、つり込まれて訊く。身を乗り出す。目の輝きが増している。

「総人口を3割減らし、しかも若年層の方が多い年令分布にしろということだった。当時の日本では、団塊世代と呼ばれた極端に膨れ上がった層が、ちょうど老人年令にさしかかる時期だった。しかも少子化も進んでいたから、年令分布図は逆三角形を呈していたんだ。その上、団塊世代が自然に減少するのを待つだけの時間的猶予は、与えられてはいない。暫定政権は発足と同時に、たちまちとんでもない苦悩を背負い込むハメになってしまった。救済会議に対して、日本は老令化と少子化の二重苦だから、ノルマを緩和するか期限を延長してほしいと粘り強く交渉したが、固有の特殊事情は勘案されず、各国の責任において実施せよと、頑《がん》として拒絶されるばかりだった。いわく、人口政策失敗の責任は、その国の政府にある。しかし日本は選挙制度を持つ民主主義国家だったのであり、政府を選んだ国民はその政策を容認してきたのであるから、その責任はひいては国民全員にある」

「もう、手の施しようがないように思われますネ」悟、呼吸を殺し、顔だけを突き出して、茅野の漆黒の大きい瞳に焦点を合わせ続けている。生ツバを飲み下す音。

「そんなときに、いくつかの国が〔老人村〕制度を考案し、実行に移していった。日本はそれらを熱心に研究し、日本流にアレンジする案を練った。猿真似はまさに得意技だからね。それに日本には、過去に姥捨《うば》て山の実績もある。法律を制定したのは、暫定政権樹立後、わずか4カ月目のことだった。一般社会から隠すように、人里離れたへんぴな場所を選んで、急ピッチで〔村〕を建設し、翌年の春から実施に踏みきったんだ。まったく皮肉な話じゃないか。老人を助けるために生まれた暫定政権が、その老人を始末する立場に陥《おちい》ったんだからねえ」思いもよらぬ、地獄への転落。この上ない恥辱《ちじょく》。茅野、口を歪め、唇を噛む。

「そういう流れで〔老人村〕ができたンですネ。でも、もし何もしなかッたら、どうなッたンでしょうネ」悟、ギラギラした視線。抑えきれない興奮。なぜ反抗しないのか！

「反逆などありえない。軍事超大国を中心とした世界軍に、国ごとひねりつぶされただろう。じっさい、軍事力で政権を倒され、傀儡《かいらい》政権によって施策を強制実施された国があったんだ」甘い！　笑止千万《しょうしせんばん》。一刀両断の即答。他の考えが入る余地なし。

「そうなんですか、〔老人村〕の成り立ちが理解できました」悟、不承不承《ふしょうぶしょう》、不本意ながら心ならずも。抵抗が不可能と聞かされ、なす術もなく認めざるをえず、無力感に気が抜けている。知識欲は満たされたが、その後の悲惨な歴史的事実とあわせ考えると、吐き気を伴うどんよりと重い塊《かたまり》が臓腑《ぞうふ》にとどこおる。

「この一連の動きの底流にあるのは、人は数であり、管理すべき対象だ、という考えだ。だからこそ、その生死をも人為的に扱うことができるんだ。これを見逃してはならない」断言。決定的な念押し。

ことの核心を端的な言葉に集約して結論づけた。悟、肝《きも》に銘じようと受け止める。身体全体から力が消え失せ、腑抜《ふぬ》けている。深いため息をひとつ。前方にうつろな目をやりながら訊く。

「少し停めてもいいですか?」気持ち悪い。塊《かたまり》がつかえ、這いずり、うごめく。

「ああ、いいよ」茅野、気軽な返事。ショックが強かったかな。本や講義から得るような、薄っぺらな知識ではなんの役にも立たないから、仕方ないな。

道路が少し広がっている場所を選んで、車を停める。茅野、降りるとすぐに、腕を広げ背中を反らせて大きく伸びをする。まろやかな春の陽射しが、豊かに降り注がれている。気温は決して高くはなく、澄んだそよ風が流れると、涼しく清々しい。そこは見晴らしのいい山の中腹で、たいして高くはない山並みが連なって見える。足元の谷間には小川がきらめき、せいぜい20軒ばかりの小さな村が見下ろせる。悟、腕をだらりと下げ、ぶらりぶらりと歩み、距離をとる。ジャンパーのポケットからケイタイを取り出し、メールでも見ているのか。そのために停車したのでもあるまいに。草の斜面に横たわり、手枕で空を眺める茅野。ときおりかすめ通るかすかな風が、草を柔らかくなびかせている。ゆったりとした間合いののち、悟、近づき、心持ちあいだを空けて横に座る。

「今、何時だい?」悟、ケイタイを見て顔を上げ、

「10時50分ですネ。順調に来てますから、あと30分とかからないでしょう」答えて言い足す。茅野、その声音からすると、気分転換の速い奴だ。片肘を突き、上体を支える。

「うん、あの山の向こうだからね」言いながら、正面の丸い頂《いただき》を指さす。

「センセイは何度も来てるンですか?」

「毎年この時期にね」

「毎年なんですか」

「うむ、閉鎖されてたった5年だというのに、しかもあれほどまでに悲惨だった現実を、世間ではもう忘れかけている。まるで、悪夢か嫌な思い出を、葬り去ろうとでもするかのように。そればかりか昨今では、後遺症こそ重要な問題だ、などという恥知らずの連中が、堂々とのさばり出るありさまなんだから。後遺症は生き延びた者の問題にすぎないんで、ことの芯は死んでいった人たちにこそあるんだ。それが情けなくてね……」茅野、あの山の向こうに目を移す。そのままもの思いに沈んでしまいそう。珍しく感情的な表現に、いぶかしがる悟。決まってこの時期であることにも、何かいわくがあるのだろうか。尋ねてみたいが、口に出すのはさし控えて呑み込む。

「そろそろ行きますか?」悟、控え目な小声をかける。

「そうだね……。じゃあ、行くとしましょうか」悟、さっそく車へと向かう。茅野、吹っきれない思いを、重い腰とともに持ち上げ、ゆっくりと立ち上がる。高原の空気を惜しむかのように、深く吸い込む。

走り出すや否や、

「そうそう、もう近いんだから訊いておかなくチャ。助手は何をしたらいいンでしょうか?」悟、ずっと気にかかっていたことを、思い出したように。しかしキチンと聴いておく義務があるとでも言いたげに、真顔になって正面きって尋ねる。けれど茅野、その問いには応えない。

「まだ話は全部終わっていないよ。日本を含む数カ国が、救済会議から特命を受けた。人工人間の研究開発に協力し、密かに実験的受け入れと継続的な管理をせよ、とのことだった。世界的に下がる一方の出生率に、救済会議は大いに危機感を募らせていたようだ。放置すれば、いずれ女性は子供を産まなくなるか、産めなくなると考えていたフシがある。それが社会的にという意味なのか、あるいは生理的・医学的になのかは分からない。現実の問題として、結婚しない人や子供をもうけない人、それに同性愛も増えていた。不妊や流産や障害児も増加の一途をたどり、精子と卵子にも異変が現れ、生殖異常が認められた。確かに何かしら、人類の生命に係わる危険な予兆が忍び寄っていた。それが何なのか、我々には知りようもない。おそらく生化学的な、なんらかの原因があったのだろう。日本が選ばれたのは受精技術とゲノム関連の研究が進んでいたからで、多くの学者や研究者が招聘《しょうへい》された。そしておそらく1年後には、最初の人が生まれていたはずだ。当初は人工授精＋人工母胎だっただろう。クローン方式は成功率が低い上に死亡率が高く、後遺症も大きいからやらなかったはずだ。その後、新技術が開発され、合成たんぱく質＋人工ヒトゲノムという方式に代わっていった。すなわち、何ひとつとして自然のままのものを使わない、１００％人工の人を創り出した。そうやって生まれてきた彼ら自身には、人工人間であることが知らされた。告知せぬまま社会に組み込むことが、困難だったからだろう。彼らは死ぬまで研究対象で、定期的に検査を受けているはずだから、調べようと思えば分からないでもないんだよ。最近とりざたされ始めているのは、彼らの結婚だ。最初のゲノム人たちは、そろそろ20歳くらいになっているだろうからね。本人たちだけでなくその子孫についても、研究者たちは注目しているようだ。だがそれにしても、一般世間では抵抗感が根強くあるんだなぁ。ゲノム人であることを隠していて結婚後に分かった場合、それは離婚理由として正当だ、と主張している弁護士もいるようだしね」愚かな奴らだと侮蔑《ぶべつ》を伴って。悟、じっと耳を傾けながら、見開いた目で一点を睨みつけている。顔中の皮膚という皮膚をこわばらせ、身を固く貝のように閉じて。茅野、その横顔に柔らかな眼差しをゆっくりとさし向ける。調査結果が当を得ていたことに、あらためて強い確信を抱く。

狭い車のなかに、重苦しく張りつめた空気が沈澱している。打ち破ったのは、茅野。

「そうそう、助手の仕事だったね」悟、心ここにあらず。まるで聞こえてさえいないかのよう。まったくなんらの反応も示さない。茅野、それをことさら無視するように頓着せず、ひとり勝手に喋る。相手に向けてではないとでも言いたげに。

「僕を〔村〕まで運ぶこと。〔村〕で一夜を明かすこと。それが助手の仕事だ。それに、そう、明日、僕を送り届けることかな」茅野、いったん言い終えかけてから、取り繕うように付け加えた。このことを悟はあとになって思い出したが、このときには気にかからない。

「それだけでいいンですか?」エッ、たったそれだけ? 耳を疑う。重要な仕事に違いないと決め込んでいただけに、落胆し、気が抜けたように訊き返す。

「うん」今度はそっ気なく、小さく応える。

「センセイは何をするンですか?」悟、軽々しい扱いに対する反感がかすめる。蛻《もぬけ》の殻が、ただなんとなく喋っている。

「特に何もしないよ。ノートを読むだけだ」なぜか茅野も力ない。悟、けげんそうに見やる目つき。

「ただ、ノートを読むだけさ」茅野、ダメ押しに、自分に言い聞かせるかのように、くり返し呟く。

悟、聞くともなく聞いている。別のひとつのことがへばりついている頭で、ぼんやり遠くを眺めやる焦点のなさ。

「キミは、何か発掘のような調査をするとでも思っていたようだね。僕の調査は道々話してきたとおり、そのなかにあるんだ。今夜暇を持てあましたら、最初からひとつずつ、順を追って確認するといい。そのなかには間違いなく、キミ自身の問題もあるはずだからね」悟、キツネにつままれでもしたかのように、口をあんぐりさせている。『ボクの問題』。茅野、それを置き去りに、1人芝居のセリフを続けていく。

「着いたら、まず庭と周辺を歩く。次に建物のなかを見て回る。それから荷物を部屋に運び込む。暗くなったらノートを読む。朝までかかるだろう。分かったかい。これでいいだろう」悟、首振り人形にも似て、わけもなくコックリ。

3．疑惑の雰囲気

先ほど休憩したときに眺めていた山々の腹にさしかかる。次々と現れる短いトンネル。さえぎられては照り、たちまち遮断される、光と影の協奏。断続的に垣間《かいま》見える、青緑の谷とせせらぎ。閉塞《へいそく》と解放の連鎖。いつしか車は抜け出ている。高まる透明度、風が肌を刺す。野鳥の声がかすめ飛ぶ。新緑に覆われた山あいを縫う道が、うねりくねり、どんどん下っていく。ナビの指示によると、もうじき脇道に入るはずだ。悟、スピードを緩め、ハンドルを握り直す。

「あと100メートルくらいで、左に入るんだよ」茅野、あらかじめ注意を喚起する。悟、いよいよだな、さらに速度を落とす。ここだ。ゆっくりとカーブを描く。助手席の人を横揺れさせないための、明らかな配慮。曲がったとたん、道幅は約4倍に拡張され、グンと上っている。高級なゴルフ場への進入路のよう。両側に並木。高さ3メートルほどの常緑樹なのだろう。今や枯れ枝ばかりの丸坊主。道の中央に分離帯。ツツジらしき花壇仕立て。葉っぱさえもない裸。緩やかな勾配の曲がりくねった坂道。ところどころアスファルトがまくれ上がり、はがれて陥没している。悟、それらを避けながら、注意深くていねいな運転で上っていく。

「ケッコウ楽しい道ですネ。オモシロイですヨ。久しぶりです、こういう道は」悟、ゲームセンターで熱中している少年のように、爛々《らんらん》と食い入る目つき。ハンドルにむしゃぶりつく前傾姿勢。変化に富んだマニュアル操作に、われを忘れて夢中。茅野、せわしなく首を左右に振り動かし、周囲を点検しようと見回している。5～600メートルほども行くと、大きいゲートが現れ出た。道幅いっぱい、5メートルくらいの高さ。ところどころ濃紺の塗料がはげめくれ、赤茶に錆びた金属製。車がすり抜けるには充分すぎる幅で、遮断機が壊されている。なんの表示も見当たらない。最初からなかったのか、あるいは取りはずされたか破壊されたのだろう。ゲートを基点として、両翼に張りめぐらされた金網フェンス。そのてっぺんには螺旋状の有刺鉄線。敷地全体を囲っているらしい。そこからさらに1キロほど山道を進んだとき、急にパッと視界が開けた。

「停めてくれ！」茅野、突然の大声。厳しい命令口調。何がなんでも止まらねばならない、と思わせるにあまりある迫力。悟、あわてて車を停める。茅野、すぐさま飛び降り、風を切ってズンズンと足早に歩いていく。悟、小走りにあとを追い、あたりの様子を素早く機敏にうかがう。20メートル四方くらいの狭い台地。その隅に4メートル角ほどの小屋。物置にしては大きいな。すでに台地の突端に立ち止まっている茅野。悟、荒げた呼吸のまま、横に並ぶ。

「アッ！」思わず声が飛び出る。息を呑んでしまう。コンクリートビルが林立しているではないか。

細長いビルが、高層団地のように整然と建ち並んでいる。予想をはるかに超えるその規模に、圧倒される。60メートルばかりの眼下、相当な広さの盆地に、〔村〕はあった。ぐるりを取り囲む山々はほぼ垂直に削り取られ、赤土の腸《はらわた》をさらけ出している。山を掘り下げた穴、自然のなかの人造の〔村〕。風のうなりが谷底から吠え上がってくる。

「スゴイですネェ。いッたい何棟あるンですか？」悟、知らず知らず、叫ぶように訊いている。周囲の自然とは不調和な、人工的で体温のない、異様な光景を目の当たりに。

「ここには28棟ある。これが最大で、ここからは見えないが、こういう塊《かたまり》が近くにあと3カ所あるんだ」その方向を次々と指さしていく。悟、目で追う。再び足元にじっくりと見入る。しばし無言の間《ま》。

「これが、あの悪名高き〔老人村〕なんですネェ」えも言われぬ感嘆の響き。憎しみ漏れ出る声音。これらのビルのなかであれが行なわれたのだ。忌わしくも狂おしいあれ、その思いが乱舞する。正午間近の陽を浴び、深い地底から吹き上げる風にさらされ、ふたりは圧し黙ったまま、たたずみ続ける。

「瞼に焼きつけたかい」ふと、横合いから冷やかすような声。悟、応える気になれず、穴底を睨んだまま。ただ重々しくわずかに頭《こうべ》を垂れる。

「これが見張り小屋だ」茅野、目線を送る。なんの変哲もないちっぽけな小屋。案内説明人の冷え冷えとした情感のなさ。

「どうして見張り小屋なんか必要だッたンですか？　脱走があッたとでも言うんですか！」見張る、

だと！

「そりゃぁあったさ。あったに決まってるじゃないか。それとも、おめおめとされるがままかい？そんなわけはないだろう」しごく当然と言ってのける薄い唇は、乾いている。どうしてこんなにも、軽く言うことができるのだろう。茅野の過敏さを認知している悟にとって、なんとも解《げ》せないその口ぶり。

「どうせ成功しなかッたンでしょうネ！」悟、無意識のうちに反抗気分を含んだ語気になってしまったと、言いながら悔やんでいる。なんとしても逃げ延びてほしいとの希いが、そうさせたのだろう。

「ありえないね。それに、もし成功なんかしたら、そのあとが地獄だからね。成功は失敗なんだ。さあ、行こう」茅野、取りつく島もない答えを背後に残し、サッサと車の方へと戻っていく。悟、あきれ果てたように、そのうしろ姿を見やる。今までには感じたことのない冷たさと割り切り。ここに来たせいなのだろうか。

車に乗り込み、少し走るとすぐに、一般道路には絶対にないほどの、急激な下り坂が待ち受けていた。ブレーキをかけてタイヤがロックすると、ズルズルと滑り落ちるありさまだ。自動方向制御装置のおかげで、スピンだけはまぬがれている。

「この坂は危ないから、気をつけて」悟、忠告を素直に聞く気になれず、

「ボクだッて、これだけの急斜面には慎重になりますヨ。まるでスキー場じゃないですか。それにし

ても、なんのためにこんな急勾配にしたんだ」反発することが先に立つ。あわただしく断続的なブレーキ。こまめな逆ハンドル操作。滑る坂が忌々《いまいま》しくも腹立たしい。

「脱走しにくいようにだよ。これだけ急な坂を逃げ登るのは、老人にとってはキツイからね」証拠を示したろう、といわんばかりに聞こえる。

「脱走を予防する設計をしたのなら、刑務所とおンなじじゃないですか！」悟、やり場のない怒りと反感を、〔村〕に対してぶっつける。実物の〔村〕を目の当たりにした興奮が、想い起こされたあれが、呼び覚まされたその人々がそうさせるのだ。茅野、突然拳《こぶし》を天井にぶち当て、ぐるぐる振りかざし、大声を張り上げて怒鳴る。

「刑務所だ！　まさに刑務所だ！　それも死刑囚専用なんだ！」張りつめる首すじ。見開きむき出す目。昂《たか》ぶり気色《けしき》ばむ。決定的だ。茅野が狂った？　いや違う、瞬時に打ち消す。怨念なんだ。担《かつ》いでいるんだ。ともに生きているんだ。突き抜けるまでに〔老人村〕を生き抜き、そのあらゆる過程において、己の重さに勝るとも劣らない痛みと悲しみを舐《な》めつくし、すでに決着をつけていることがひしひしと伝わってくる。〔村〕について何かを質問したら即座に答えるだろうし、それに対してどう考えているかも一刀両断に断言するに違いない。どれほどの執念を燃やし続けたのだろうか。その思い入れの深さ、重さ、強さ、狂おしさ。背すじに引きつる身震いを禁じえない。

雪道を滑るように、坂を下りきって止まる。眼前にビルがさし迫り、そびえ立ち、威圧する。周囲の山々は切り立つ井戸壁。なるほど、穴底だ。ひねり倒された金網フェンスを乗り越え、ついに〔村〕に入る。

「右へ行って、一番奥まで」茅野、興奮さめやらぬ大声の指示。ビル群の脇を貫く道路は、またまたフェンスでビルと区切られている。ところどころ打ち壊されたその残骸が転がっているが、避けながら走ることはできる。各棟のあいだには林があり、台地から見下ろしたときには気づかなかったが、そのなかにもフェンスが設けられ、往来できなくされているらしい。

「突き当たりで停めよう」茅野、平静な声音に戻っている。悟、うなずき命じられるまま。もう山すそになっている奥の端に、前上がりぎみに停車させる。せき立てられるように降りると、すぐさまビルを見上げる。落ち着いた土壁色、老人を安心させるためか。11階建て、40メートルほどの高さ。井戸底からニョキニョキと生え昇っている。幅10メートル強。長さは目測できないほどに長い。たぶん、200メートルは下らないだろう。

「えらく細長い建物なんですネ」なんの応答もない、振り返ってみる。茅野、木陰にある切り株に腰を下ろし、タバコをくゆらせている。〔村〕に着いたら何をさておき、まずはここで一服、との印象。悟、近づいて適当な岩を見つけ、その上に尻を乗せる。

「まるで立体道路みたいな、えらく細長いビルですネ」

「おもしろい比喩《ひゆ》だね。ウナギの寝床だと思っていたよ」

「こんなのが28棟もあるンですよネ。ケッコウ大きい団地みたいだな」

「ひと棟に2千人収容できるから、全部で5万6千人だ」

「チョットした街の人口ですネ」茅野、いまさらながらしげしげとビルを眺め回している。懐かしい人に再会でもしたかのような、過去をいつくしむ柔和な眼差し。穏やかな雰囲気。

「ここがイチバン奥なんですよネ?」

「そうだよ、第1棟だ。この〔村〕で最初に建てられたんだ。〔村〕が都道府県ごとに造られたのは知ってるね?」

「エエ」悟、ビルの全景を舐《な》めるように見回している後頭部に向けて、短く応える。

「そうそう、反対側の端に、ひとつだけ小さな建物がある。管理人たちの住居になっていたものだ。あとで全体を見て回るといいよ。車で行けるからね」茅野、タバコを落とし、足で踏みにじりながら勧める。散乱する無数の吸殻。ジャケットのポケットから小さな袋を取り出す。年寄りのようにノロマな動作。

「昼食にしよう」

「エエ、そうですネ」悟、同じ袋を出す。切り口を破り、顔を上向けると、そのまま口へ流し込む。幾粒かの錠剤をガリガリ噛み砕いて飲み下す。食べながら片手で袋を握り丸め、ポケットに戻す。一連の慣れた動作。たちまち満腹感が湧き訪れる。

「おかしなもんだねえ、こんな物で腹が膨れるんだから」茅野、嫌になるなと言いたげ。とてつもなく嘆かわしそうな、皮肉っぽい嘲笑を浮かべ、まだ舐《な》めている。

「センセイの世代はそうなのかもしれませんネ。ボクはなんとも思いませんヨ。子供のころからこれでしたから」悟、ケロッとあっさり。

「キミらを見ていると、かわいそうになるよ。ご飯も、肉や魚や野菜も、食事するということさえも、何ひとつ分からないんだからね。まな板の音、寒い冬にたち昇る湯気、食器の姿形。味わいや温もり、好みとか季節感、それに会話の楽しみ。食べられない辛さも含めて、いっさいがないんだからね」茅野、視線が足元にげんなり落ちる。悲しげな影。

「そう言われても、ボクらにはこれが普通なんですから」感傷にすぎないと一蹴《いっしゅう》。

「そう、それだよ。普通や当たり前こそ恐ろしいんだ」一転して悟の目をキッと睨みすえる。悟、ビクッとのけぞる。この人には、常識から生活の些事《さじ》にいたるまで、無意識に疑問なく素通りすることが、何ひとつとしてないに違いない。

「キット、センセイには子供さんがないから、日常的なことや最近のことがピンとこないだけですヨ」触れられたくないことを喋ってしまったかな。口をついて出た言葉を取り戻したい、後の祭り。茅野、むずかしそうな面持ちになり、黙り込んでしまう。悟、口は禍《わざわい》の門《かど》、覆水《ふくすい》盆に返らず、禍《わざわい》転じて福となってくれ。祈るような気持ちで待つ。とほうもなく長く感じられるが、実際にはほんの数

10秒なのだろう。

「そうだね、生活者をやるのなら、普通が楽なのかもしれないね」茅野、自分に向けて？　独り言のように呟く。優しい思いやりのある響。決して皮肉やさげすみを含んだものでなく、口もとには微笑みすら浮かばせている。もしかしたら、そうではない自分を哀れんでいるのかもしれない。

「さて、僕はこのあたりをブラブラしているから、キミは車で村全体を見学するといいよ。時間はたっぷりあるから、納得いくまで見られるだろう」またまた年寄りのように、腰を伸ばしながらゆっくりと立ち上がる。悟、若者らしく勢いよくパッと立つ。

1人で車に乗り、ハンドルを何度か切り返して方向転換。ノロノロと徐行。窓を開け、腕を乗せる。お気に入りの曲を流し、指先でリズムをとる。ビルと林が順ぐりに現れる、規則的で単調な光景を見やっている。1人でいることの気楽さと、少しばかりの心細さが交錯する。が、なんといっても、この〔村〕への探究心がはるかに勝っている。ビルの横腹上方に14のナンバーを見つけたとき、車を停めた。

「ちょうどまンなかだな、反対側まで行ってみよう」独り言を口に出す。ひとりでいるときにはしょっちゅう、そのときの考えや気持ちを喋り、その自分の声を聞く癖があった。ひとりだと、誰はばかることなく素直に出せるし、それを言葉で明確に理解することが好きなのだ。自分がなにものであるかを見きわめるための、有力なひとつの手段とも考えていた。車を90度右に曲げ、倒されたフェンスのあいだを抜ける。さらにスピードを落とし、歩くように転がせる。ビルと林とは6メートルくらいの間隔。乾いた赤土のデコボコ道。右手のビルと左側の林を交互に見やる。シャッターを下ろされた窓の列。ビルに沿って、いまはもう主のいない、荒れ果てた花壇。林の方はいまでも繁り、ベンチと外灯が点在する。その上に覆いかぶさるように、隣の棟が生え出ている。ビルの中央あたり、ガラス製の幅広いドアが目につく。ブレーキ。

「玄関だな。降りて見てみよう」約2メートルのひさしが出っ張る。幅5メートル、高さ3メートルくらいの透明ドア。締め切られて動かない。電気を切ってあるのだろう。なかをうかがうが、暗くてよく見えない。入口付近はだだっ広いホールのようだ。正面はエレベーターらしいな。

「どうせあとで見られるだろう」とって返す。道の中央で立ち止まり、周りをじっくりと見渡していく。真昼の光線。まだ5月半ばだというのに、山間部のせいか、紫外線が目に厳しい。なだらかにこんもりと盛り上げられた林に入っていく。生き続けている丈夫な松。敷きつめられた枯葉、あちこちに転がっている松ぼっくり。日陰は肌に涼しく気持ちがいい。真昼にもかかわらず、澄んだ空気が透明に感じられる。道からほんの4～5メートル入ると、フェンスに突き当たる。やはり約5メートルの高さなのは、乗り越えて行き来することを阻む目的なのだろう。その魂胆に苦々しくチッと舌打ちする。網目に指を突っ込んでフェンスをワシづかみ、力いっぱい揺すってみる。もちろん、ビクともしない。

「チクショウ！」憎々しげにフェンスを蹴り上げ、叫ぶ。が、すぐにも自分のやっていることがバカみたいに思われ、たちまち怒りがなえていくのを感じさせられる。持てあましているものが何なのか、どこから来たのか心得てはいるものの、それを何に賭けるべきなのかは明晰ではない。鼻に網目の跡が残るほど強く押し当て、向こう側をつぶさに観察する。フェンスの位置が盛土の頂上で、こちら側と同じように緩やかに下っていく。松林が終わるといきなりビルになっていて、道も花壇も、何もない。

「裏側は殺風景なんだナ」なんとはなしに心細さが膨らんでくる。追われるように林をあとにし、ふたたび車に乗り込む。ホッとひと安心。おもいっきりスピードをだし、土ほこりをかき上げ、ビルの端へと突っ走ってやる。山が行く手を阻む。そこにもフェンス。

「チェッ！」この腹立たしさが何に起因しているのか、充分に知りつくしている。180度スピンターン、スッ飛ばし、もと来た共通道路に出る。虚しい。最初の進路に戻り、ビルと林の退屈な景色が続く。ボリュームを上げる。ベースの振動が下腹に効く。やがて目の前に小高い丘が近づいてくる。右手にはビルナンバー28。丘のふもと、同じ土壁色の低い建物がビル影から現れ出る。先生が言っていた、管理者の宿舎だろう。車の電源を切ると、静けさが耳につく。小さいといっても厚みは同じで、長さも半分くらいある2階建て。1階は約5メートル間隔でドアがあり、2階は3メートル。おそらく下が夫婦用、上は単身者用。だいたい2階は30数人分、1階は20組分、おおむね50～70人の職員がいたことになる。あの見張り小屋で勤務していた監視人も、この宿舎に住んでいたのだろう。内部を見てやろうと、ドアを引っ張ったり窓をこじ開けようとしてみたが、いずれも完全に締め切られている。裏にも回ってみるが、どの部屋の窓にもシャッターが下ろされ、覗き見ることさえできない。階段を登って2階に上がってみる。やはり完璧に閉じられている。通路にはゴミすらない。きれいさっぱり蛻《もぬけ》の殻なのだ。何ひとつ形跡を残すなという命令を、きわめて謹厳に実行した結果に違いない。

「厳格な統制のとれた集団だッたッてことだ。管理の真髄というヤツか」皮肉な笑いに口もとが歪むのを感じとりながら、呟き声に耳を傾ける。窓を叩き壊し、意地でもなかを見てやろうという考えがよぎったが、あまりに子供じみているなと思い直す。車へと戻り、ボトルの水で口を湿す。全身をシートに深々と沈め、背中に伝わるリズムを感じている。

「社会から切り離された山奥。井戸底の穴倉。そびえ立つビル。いたる所に張りめぐらされたフェンス。堅固な管理体制。林とベンチ、それに花壇……」目をつぶり、〔村〕で目撃したものを瞼の画面になぞらえる。このイメージが消えることはない。しだいに訪れる心地よい睡魔。かろうじて誘惑を振りきり、第1棟へと引き揚げることにする。

茅野がいない。ビルを1周して捜してみるが、表側にも裏にも、林にもその姿はない。裏山に分け入ってみる。20メートルも登るとフェンスにでっくわし、誰もいるはずがない。もうビルのなかに入ってしまったのか。

「センセーイ！　茅野センセーイ！」両手をメガホンにして大声で呼ぶ。息を潜め、耳を澄ます。が、深閑とした静寂。ビルのなかへ捜しにいくか、ここで待つか、迷う。1人でビルに入る心もとなさも手伝い、別れた場所にいる方がいいだろうと判断する。枯葉の上に座り込み、生暖かな午後の陽射しに包まれる。やんわりと気分も身体もほぐれ和らぎ、力も意識も抜けていく。数々の初めての体験、早起きと長時間の運転に疲れたのか、とうとう身体を横たえ、ついにはまどろみへと落ちていった。

ふと気づく。肌寒い。肩をすくめ、ブルッと身震い。ポケットをまさぐり、ケイタイを見る。15時20分。してみると、1時間近くも眠ってしまったことになる。まだぼんやりとかすむ意識。首だけをもたげ、あたりを見回す。茅野が切り株に腰かけ、背を丸めているではないか。膝に肘を立て、両方の掌のなかに頬を埋めて。先生も眠っているのかな？　それとも何か考えごとでもしているのか。急いで起き上がり、近寄っていく。足音にピクッと反応し、斜めにずり上げる目。まるで、それが悟だとは分からないかのような目つき。得体の知れない不思議なものでも見るような、それでいてなにかしら不気味に、狂おしくギラついている。ピタッと立ち止まり、硬直。

「センセイ、スミマセンでした」率直に謝る。茅野、とりあえず無言で立ち上がり、そそくさと足早に歩き始める。悟、一瞬茫然と立ちつくし、怪しげなうしろ姿に見入る。どうしたんだろう？　怒っているのかな、気をもむ。がすぐに、そのあとを追うようについていく。ピッタリと背中から目を離さない。この3時間ほどのあいだ、先生はいったいどこで何をしていたのだろうか。表側に回り玄関に着く。茅野、立ち止まり、なかを睨んだまま動かない。張りつめた息を大きくフーッと吐き出し、意を決したように歩を踏み出す。叩き割られたのだろう、自動ドアはいまやガラスの破片と姿を変え、地面に砕け散っている。1歩踏み入った所で、注意深くあたりをうかがう悟。何もなくがらんとだだっ広い人気《ひとけ》ないホールが、暗さのせいもあってか、少しばかり薄気味悪く感じられる。正面にはエレベーター。殴られてひん曲がったドア、打ち壊された操作盤。茅野、手を上下させて招き、その横にある階段を登っていく。もぎ取られた手すり、叩き砕かれた段という段の角々、ところ狭しと幅いっぱいに広がり転がる瓦礫《がれき》。足の踏み場を捜さなければならない。壁さえもが点々と抉《えぐ》り取られ、コンクリートの内臓をむき出している。おそらく鉄製の大ハンマーを力まかせに振るい、手当たりしだいに殴り回ったのだろう。落書きひとつないところを見ても、子供のいたずらではないように思われる。とすると、憎悪か狂気か。茅野の革靴の音が、鐘楼《しょうろう》のように階段の上で木霊《こだま》する。2階に上がると左に折れ、両側が部屋になっている通路を進む。これで壁際にそれらしい器具が置いてあれば、病棟そのものだな。違うのは、部屋のドアの窓ガラスがあまねく割られ、壁のあちこちが殴り削られ、それらの肉片が飛散していることだ。茅野、20メートルほど行ったところで、急にパッタリ歩を止める。「僕は今夜この部屋にいる」左の部屋を指さし、誰に言うともなく。ロボットみたいに抑揚なく平板な発音。セリフを棒読みする幼児の遊戯芝居にも似て、味も素っ気もない。その部屋は、扉そのものが跡形なくつぶされている。入口の横に貼られた表示から「２０４０号室」と知れる。住人の名札は抜き去られ、空白。

「じゃあ、荷物を持ッてきましょう」若く快活な声が、かえってどこか虚しい。急ぎ足で車へと向かう。途中、階段の踊り場で2階を振り返る。茅野の血の通わない声と動作に、なにやら漠然とした不安を背後に感じて。歩きながら、気にかかった様子を思い浮かべる。絶叫、沈黙、不在、異様な目つき、無感情。なぜ？ 何があるのか？

トランクを開ける。悟の大きいキャンプ用バッグと、茅野の小さな手さげカバンが入っている。茅野は寝具を用意していなかった。きっと、眠らないつもりなのだ。

「確か、ノートを読むと言ッてたナ」ムクムクと好奇心が湧き起こる。持ち前の詮索癖が首をもたげる。どんなノートなのか、何が書かれてあるのか、見てみたい誘惑に駆られる。うしろめたさがゾクッと首すじを走る。それはたった一瞬にすぎない必要条件。知りたいことを分からぬまま放置できない悟の手は、ほんの瞬間的なためらいとともに、衝動的にファスナーを引っ張ってしまっている。ギラつく目。分厚い茶封筒、数冊のノートが拡大され飛び込んでくる。心臓の高鳴り。指先がノートに触れる。まるで親しみのない感触。古びた表紙には、題名も名前も何も書かれてはいない。イケナイ、罪悪感。素早くペラペラめくる。5冊は余白がないほどに、小さな文字で埋めつくされている。ほとんどお目にかかったことのない、手書き文字。しかも鉛筆で書かれている。旧漢字ソフトがないと読めない文字が散見される。日記のようでもあるが、日付けは見当たらない。最後の6冊目だけは、後半が千切り取られ、半分くらいの厚さしかない。ぜひ読んでみたい。だがいくら魅力的でも、そこまではばかられる。満たされないには違いないが、抑制する自虐《じぎゃく》もまた、味わいのうちというもの。

「センセイが書いたモンではなさそうだナ」癖がでる。ノートを戻そうとしたとき、カバンの底にチラッと黒光り。恐る恐る手を伸ばす。ひんやり冷たい、金属か。つかむと、ズッシリ重み。ピストルだ。

「こんなモン、なぜ持ッているンだ」おもわず疑いが口をつく。古い回転式6連発。焦茶色のプラスティックが貼りつけられた柄。先端から弾倉を覗く。1発だけ弾が入っている。見てはいけない物を見てしまったかのように、うろたえてカバンに戻し、荒々しくファスナーを締める。殺す、死ぬ、単なる護身……。先ほどらいの茅野の変わりようとあいまって、いっそう不安がかき立てられる。『先生には何か得体の知れないものが、まとわりついているに違いない』。

「夜中に事件、なんてゴメンだヨ」悟、意識的に2度、強くブルブルッと首を振る。いやな予感を振り落そうとするかのように。

2040号室に戻ったとき、またしても姿がない。扉のない部屋に入り、室内をグルッと見回してみる。横幅2メートル、奥行3メートルくらいの小部屋。正面中央に約1メートル角のガラス窓。もともとはブラインドがあったようだが、引き千切られたのか、取り付け金具だけが残っている。落ち着いたクリーム色で、損傷のない壁。1カ所だけ、目の高さあたりに、掌くらいの黒ずんだ染み。明るいアイボリーの天井に、埋め込み式の間接照明。右手奥にベッド、左側には小ぶりのテーブルと椅子が配置されている。出入口の脇に、造り付けの細い洋タンス。それですべて。大きいバッグを壁際の床にドサッと落とし、手さげカバンはテーブルの上に置く。そのとき、靴音の響きが近づいた。茅野、部屋に入ってくる。生気が失せた蒼白の顔面、鋭く射抜く眼差しを異様に鈍く光らせ、こぼれ落ちんばかりに見開いている。悟、とっさに、係わらない方がいいな、と判断。

「センセイ、カバンはテーブルに置きました。ボクはその辺の部屋にいますから」早口に喋り、荒々しくバッグをつかみ上げ、逃げるように部屋を飛び出る。茅野、凍てつく表情のまま、微動だにせず、何も言わない。悟、小走りに離れてから立ち止まり、振り返って誰もいないのを確かめると、フーッと大きく息を吐く。力み上がって固まった肩が徐々に下がり、柔らかさが戻ってくる。それに伴って、じんわりと落ち着きをとり戻してきている。

「さあ、今夜のねぐらを決めようか」唇の先だけで小さく呟く。向かい側のドアを開けようと、手をかけて横に引いてみる。が、ロックがかかっていて、ビクとも動かない。いままで思いもしなかったが、ドアはすべて自動のようだ。引き払ったときに、ロックした状態で電源を落としたに違いない。ひとつずつ順番に試していくのだが、どれもこれも開けられない。やっと、半開きになったままの部屋を見つけた。扉を押し引きしてみるが、動く気配はしない。２１３７号室、名札なし。茅野がいる部屋から3部屋ずれたすじ向かいであることも、適当な位置のように思われる。内部の様子を覗き、特に異変がないのを見きわめてから、隙間を横向きにすり抜けて部屋に入る。バッグを椅子の足元に放り出し、ブラインドを上げると、部屋中がパッと明るくなる。窓の外には、隣のビルと林が見える。マットが取り払われ、クッションむき出しのベッド。ゆっくり座ってみる。ギイーッと錆びついた音で軋《きし》んだが、固めの弾力はまんざらでもない。

「ひと晩寝るには充分だな」無理に納得させようとしたのではない。とりあえず寝場所を確保してひと息つく。一応調べておこうと、洋タンスを開けてみる。下部に2段ある抽斗《ひきだし》も引いてみるが、予想通りいずれもからっぽ。テーブルの抽斗《ひきだし》にも、何も残されてはいない。ベッドに寝転がり、両手を枕にぼんやりと天井を眺め始める。

先生はいったいどうしたというのだろう。〔老人村〕に着いてからの激しい変わりようを、かすかな不安を抱きながら思い返していく。叫んだときは、珍しく昂《たか》ぶってはいたものの、異常というほどではない。見学にいくまでは、いつもとそう変わらなかった。戻ってきたときには、いなかった。それからだ、変化が顕著に現れたのは。どこで何をしていたのだろう。何かがあったのだろうか。さっきもいなくなったが、いっそうひどくなったようだった。日頃の様子からは、想像できないことばかりじゃないか。今にも襲いかかってきそうな、敵意も露わな、すさまじいあの目つき。死人のように冷たく凍りついた、蝋《ろう》人形の無表情。そして立ち入ることを許さない、重く張りつめた孤独の沈黙。それに、あのピストル。ノートを読むために来た、とすると、鍵はあれにあるということか。古びて黄ばみ、手垢《あか》の染み込んだノート。ところ狭しと、欄外までも敷きつめられた小さな手書き文字。6冊目は半分、クラシックなことに鉛筆で書かれていた。それらからすると、最近のものではないな。誰が何のために何を書いたのか。なぜ先生が持っているのだろう。考えがいきづまるのを覚え、視点を換えてみる。ピストル。旧式の6連発、弾は1発だけ。1発でこと足りるという意味か、それとも何発か撃った残りなのか。いったいなんのために持ってきたのだろう。僕を？　ブルッと身震い。

「イヤ、それはない。ありえない」あわてて打ち消す。怨まれる覚えはない。それなら、なぜ僕を選んだのだろう。大勢が応募したというのに、そのなかからなぜ僕を。そういえば、僕のことを知っているような口ぶりだったな。調べたのか、僕が知らないいわくがあるとでも言うのだろうか。疑問が疑問を呼ぶばかりで、すべては茅野の胸のうち、としか考えようがない。

「〔老人村〕、旧式のピストル、古びたノート。これらに共通するのは過去だ、ということまでは分かるンだけど……。与件不足だから解けないネ」いさぎよくあきらめたが、

「いずれにしても、センセイの言動は要注意だナ」言葉に固めて確認し、納得したように首肯《しゅこう》する。

ベッドから起き上がり、バッグの中身を取り出しにかかる。寝袋とふたつの燃料電灯をベッドの上に、本と水ボトルなどの小物類はテーブルに置く。ケイタイは、身につけておいた方がいいな。着信を確認し、メールを1本打つ。

ベッドに寝そべり本を読もうとするのだが、なにかしら落ち着かず、集中することができない。単

に字面《じづら》を追っているだけで、まったく読んでなどいない。頭のなかでは、解けない謎が渦巻き、気がかりが不安となって膨らんでいった。窓外は、すでに夜の帳《とばり》に包まれている。電灯片手に、トイレを探そうと部屋を出たとき、こちらに歩いて来る茅野にバッタリでっくわす。一瞬ビクッと、緊迫の稲妻が突き抜ける。

「ビックリしたぁ。電灯も持ッてないんだから。トイレはどこにあるンでしょうか?」闇に紛れる表情を探りながら、思いきって尋ねてみる。

「両端にあるんだが、水洗が流れないから使えない。外でするんだね」茅野、思いのほか、普段の様子に戻っている。いや、努めてふるまっているようにも思われる。

「ホントに、ボクは何もしなくていいんですか?」悟、会話の糸口をつかもうと、言葉を足していく。

「構わないでくれ。陽が昇るまで」茅野、強固な命令。

「センセイはその部屋で、ノートを読むンですネ?」今しかチャンスがないと、せき込み勝ちにとぎらせず続ける。

「うむ」

「センセイはボクのことを、知ッていたンですか?」せめてこれだけは訊いておきたい。

「ゲノム人かい」茅野、それがどうしたというんだ、との抑揚。穏やかに話すことに、とてつもなく労力を要している。首がかしぎ、いかにも辛そうな呼吸を弱々しくくり返している。それでも、ささくれ立った厳《いか》つい眼光が、鋭利な刃物の先端のように、あらゆるものに突き立つ。悟、やっぱり知っていたんだ。

「カノジョはまだ知らないんです。打ち明けようか迷ッてるンですヨ。差別撤廃運動をやッていることも」まだ喋っている最中に、茅野、言葉をかぶせてさえぎり、

「今日は孫として来たんだ」しぼり出すようにそれだけ言い残し、速足で離れ去っていく。

「ボクの悩みなんか、知ッたコッチャないッてことか」悟、遠ざかっていく人の丸めた細い背中を見送り、独り言《ご》ちた。階段を下りて外に出る。ネオンも街明かりもない山奥。しかもその穴倉の底。都会では感じられない、ホンモノの闇とかすかな星明かり。まっ暗な林に入り、用を足す。体内から温かい液体が流れ出すにしたがって、脳が冷めていくのを感じる。

「ヤッパリ知ッていたンだナ。それでボクを選んだのかナ。だとしても、なぜなのか、シックリつながらないなあ」ふたつの事実の橋渡しとなる理由が解からない。消化不良の濁った思いが胸中にわだかまったまま、しばらくあたりをほっつき歩く。野生動物の苦しみ悶えるうめき声が、風に乗って運ばれてくる。不気味にざわめく松林。いたたまれないかのように、ビルに逃げ込む。２０４０号室の前を通りかかると、通路の暗さとは対照的に、室内は煌煌《こうこう》と明るく、茅野がこちらに背を見せて椅子に座り、テーブルに向かってノートを読んでいるようだ。悟、静かに自分の部屋に戻り、ベッドに身を放りだす。投げかけられた一言一句を、その表情とともに、ひとつひとつ丹念に思い起こし、咀《そ》

嚼《しゃく》していく。

第2章　渦のただなかで

第1部　これが噂《うわさ》の

1．とうとうお迎えが

来訪者を告げるチャイムが鳴った。こんなにも大きい音だったかと、異様に感じられた。そういえば、最初の音から響き終わるまで完全に聞いたことなど、嘗《かつ》て一度もなかったに違いない。奇妙に新鮮だった。反射的に壁掛け時計にチラッと目をやると、六時十五分を指していた。寸分違わず予定通りだな。彼等の仕事は正確になされているようだった。みんな息を潜めていた。誰もがピクリともしなかった。

「とうとう来たか」誰に言うともなく呟きながら立った私の顔を、みんなが一斉に見上げ、お互いに先を譲りながら、おずおずと立ち上がっていった光景が瞼に焼き付いている。

「四年後には私も行きますからね。待っていて下さいよ」とびっきりの笑顔を作って、芳子が快活に言ってくれた。ありきたりな言葉ではあるが、流石《さすが》に四十五年も連れ添っただけあって、何を言えばいいのか心得ていた。特にこうした気詰まりな場面では、芳子のおっとりと楽天的な性格にホッと安《あん》堵《ど》させられ、これまで幾度となく救われてきた。聡は睨み付ける険しい眼差しで、私の目を真っ直ぐに見詰めていたが、何かを耐えるように奥歯を噛み締め、唇を固く結んで声を出そうとはしなかった。最後になると思っているのだろう。結婚して二十年も経って初めて、妻を伴ってわざわざ遠くから泊りがけで来てくれたことに、尋常ではない気持ちが表れていた。根っから内気で無口な聡が、その抱く感情を胸の内でいっぱいに膨らませていることを、手に取るように感じ取れた。聡ならこうだろうと、予想通りで得心がいった。絵美は居た堪れなさそうに頭《こうべ》を垂れたまま、何を言えばいいのかどうすればいいのか分からず、ただもじもじと胸の前でいじくっている指先に視線を落していた。

「聡よ、絵美さんが困っているじゃないか。おまえの嫁さんなんだから、おまえが気遣ってあげないといかんよ」私がこんなことを言う始末なんだから。それでも聡は鷹のような鋭い眼を私に差し向けたまま、かたくなに圧し黙っていた。

「お義父さん、ありがとうございました」絵美は波打つ涙声を詰まらせて、精一杯、辛うじて唇の先だけで言った。これ以上の言葉は嗚咽《おえつ》に変わってしまうのだった。指にひと雫《しずく》、零《こぼ》れ落ちた。

「絵美さんには優しいこと」芳子が屈託なく笑いながらその背に手を当て、絵美は幼児のように小さく頷いていた。初めて息子夫婦が揃って来たことに、芳子はたいそうはしゃいで、日頃よりいっそう朗らかだった。

「お祖父さん、きっと面会に行くからね」私にショルダーバッグを手渡しながら約束した純の声が消えないうちに、急かせるように再びチャイムが鳴らされた。

「純、おばあちゃんを頼むよ」目配《めくば》せを交した。純はこちらの大学に入り、親元を離れて私達と一緒に暮らしていた。玄関を開けて外に出ると、みんなも後に随った。運転手は脱いだ制帽を左脇に挟み、恭《うやうや》しく丁重なお辞儀で迎えてくれた。清々しく澄んだ心地好い空気と、すっきり晴れ渡った高い青空が、私の門出を祝ってくれているかのようだった。これで見納めだなと思いながら、近所の家並みを眺めやると、窓々にあった幾つもの顔が慌てふためいて隠れ消えた。決して見送ってくれているのではない。他人の不幸をひと目見ようとする野次馬に過ぎず、自分の成れの果てを私の姿に映し見ているのだ。運転手が右腕を大きく振り動かして、どうぞと乗車を促した。多くの視線のなかで乗車口に近付き、歩を止めた。

「私が教えられることは、何もかも教えたからね」すぐ横に寄り添っていた純の手を、両手で包み込んで握り締めた。純は見開いた眼で私の目をじっと見詰め返し、頷きながら涙をこらえていた。互いの掌に温もりが残った。バスに乗り込み、最後になるかもしれない家族の姿を、窓越しに見た。絵美は泣きじゃくりながら手だけを上げて弱々しく振り、芳子は対照的に生涯最高の大らかな笑顔をたたえていた。聡は険しく睨み続けていたが、バスが動き出す直前に、逃げ去るように家の中へとかき消えてしまった。純は次第に身体が硬直していき、ロボットのように肩を怒《いか》らせたまま、見えなくなるまで立ち尽くしていた。この場面は、純の脳裏に鮮明に染み着いたことだろう。刻み込まれたものが、いずれ発芽するかもしれない。私は別離の言葉を語らなかった。

純の姿と我が家が見えなくなってから、おもむろにバスの中を見回した。既に十三人が乗っており、ポツンと離れて座っている人が大半だったが、なかには隣り同士に腰掛けて話している人達もあった。見るからに同級生か幼馴染《おさななじみ》のような素振りの女二人。そう言えばそうだな、みんな同い年なのだから、そういう可能性が高いという訳なんだな。当たり前のことが、妙に不思議に感じられた。親しそうに懐かしがり合うその二人が、場にそぐわない楽し気な大声で喋っていた。不安から逃れたい気持ちが、いっそう拍車をかけるのだろう。話に夢中でそれしか意識になく、時折あげる辺り憚《はばか》らぬけたたましい哄笑が、バス中に広がる虚しさを色濃く深めた。彼女等はそんなことには頓着なくお構いなしで、神経や配慮は露ほども持ち合わせてはいなかった。こんな人達と同じ所に入れられたらたまらんなあ、先が思いやられた。目を転じると、三人の男達が額を寄せ合い、なにやらヒソヒソと密談していた。なかの一人が事情に詳しいようで主に話しており、他の二人は概ね聞き役に回って、熱心に情報を得ているのだった。これから行くのがどんな所なのか、待遇や環境はどうだろうか、というようなことなのだろう。それこそがこのバスに乗る人々に共通の、不安を伴う最大の関心事に違いない。その二組以外の人々は、静かに窓外を眺めていたり、眠った振りをしていた。みんな昨日が誕生日で、七十歳になったんだな。それには独特な意味が含まれているかのように思われた。

狭い道幅のゴタゴタした住宅街に入って行くと、バスは何度も折れ曲がり、やがてゆっくりと停まった。運転手が降りて行き、胸ポケットから取り出した紙と表札とを照合すると、やはり帽子を取って脇に挟み、髪を撫で付けて姿勢を正し、その家のベルを鳴らした。ややあって、衰え痩せ細ったみすぼらしい老人が杖を突きながら現れたが、付き添う者は一人としていなかった。老人は震える指先で、小さな古びたボロ家の玄関戸に鍵を掛けようとしていたが、なかなか上手く掛からず、見兼ねた運転手が代わって掛けてやった。この老人が何十年も働き続け、やっとの思いで手に入れた、生涯最大の買い物だった家。それらのすべてと、今、別れを告げているのだった。薄汚い灰色の痩せ猫が一匹、塀の上で我が物顔に寝そべり、大きくあくびをひとつして、気だるそうに再び目をつぶった。ここでも周囲の窓という窓に顔があった。この老人にとって、これまでの人生のなかで、これ程までに注目されたことは、ついぞなかったことだろう。運転手の支えを借り、乗り込んで最前列の席にドサッと身を預けるまで、随分ゆったりとした時間が流れた。突然六十歳も若返った女の甲高い笑い声と、懐かしいメロディを乗せて、バスは再び走り始めた。

次に停車したのは巨大な高層マンションの一角だった。運転手が客を先導して出て来ると、そのうしろからまるで応援団らしき一団が、ざわめきとともにゾロゾロと行列をなして引っ付いて来た。思い思いにハンカチを打ち振りながら、なにやら叫び合っているようだった。マンションの窓々にも、色とりどりの布が打ち振られ、声援が轟き飛び交っていた。当の本人はというと、エヘラエヘラと作り笑いを絶やさず続け、愛嬌を振り撒きながら、誰かを探している様子だった。おそらく彼の家族がその集団に呑み込まれ、巻き込まれて紛れてしまっているに違いなかった。まるで出征兵士を送り出すみたいだな、苦々しい腹立たしさが去来した。ハンカチの波をかき分けて、バスは出発した。彼は人込みのなかにそれを求めたが、その最後の視線を捉えることは出来なかったことだろう。集団が見えなくなったとき、彼は座席に崩れ落ちた。こんなふうにお迎えに巡り、最終的には殆《ほとん》ど満員になった。子供の遠足のように、賑やかな話し声や騒音が響き合い、狭い空間をいっぱいに満たしていた。

私は足元に置いていたバッグから通知書を取り出し、改めて眺めた。一週間程前に送られて来たそれを、いったい何度読み返したことだろう。葉書の大きさで、表紙には『通知書』とだけあり、その下に私の国民番号と住所氏名が印字されている。貼り付けられた裏面を開封して広げると、根拠となる法律と付随する罰則規定が記載され、これにより『お迎えに上がります』と結んである。最後にその日時が大きく朱記され、準備しておくようにとの注意書きで終わっている。無駄も感情も何もない、いかにも役所の定型事務通信に外《ほか》ならない。さっきの出征兵士になぞらえれば、これは『赤紙』ということになるのだな。この紙切れ一枚で、この制度は実行されている訳だ。叔父が赤紙を拒否して逃亡したという、子供の頃に父から聞いた話を思い出した。反戦を意思表示しようとしたのか、ただ単に逃げ出したのかは知らない。終戦になってからも叔父が現れることはなく、きっと何処《どこ》かで野垂《のた》れ死にしたのだろう、と父は言っていた。今、私は同じ岐路に立たされている。裏表紙の中央には『日本国人口省』と印されていた。これが国民の信任する殺人者の正体なのだ。

バスは混雑を避ける為に、街外《はず》れを通って市内をすり抜けた。どの道も私には馴染《なじ》みが薄く、見覚えておきたいようなものもなかった。それでもなお、もう世間を見られなくなるのかと思うと、自ずから見えるものすべてを貪《むさぼ》り眺めてしまっていた。高速道路に入って暫らく走ると、最初のパーキングエリアで駐車した。

「十五分間の休憩を取ります。ここでトイレに行っておいて下さい」運転手がマイクを通じて車内放送した。ドアが開けられ、杖を突いた例の老人が、運転手に支えられて最初に降ろされた。順に従って、私も降り立った。解き放たれた気分が身体中に広がり、両腕を大きく上げて伸びをした。トイレから出てくると、まずは立ち止まって喫煙所を探し、エリアの端の方に表示を見付けて近付いて行った。喫煙所にはベンチが数脚と、大きい箱型の灰皿が三台設置されてあった。七、八人が群がっていて、なかには同じバスの搭乗者も数人いた。私は腰掛けず立ったまま煙草に火を付け、数歩離れてゆったりと吸い始めた。周囲の様子を見回してみると、あちこちに警備員の姿が目に付いた。

「脱走しないか監視してやがるんだ」誰かがさも忌々《いまいま》しそうに吐いた言葉が、耳に飛び込んできた。確かに、警備員達は要所要所に配置されているように見受けられた。エリアの端々、建物のあらゆる出入口といった具合だった。彼等は人の動きを目で追い、挙動不審者や一人ポツンと離れている者を、特に注視しているようだった。駐車場では、我々が乗っているバスの運転手と警備員が、辺りを見回しながらなにやら立ち話をし、バインダーに挟まれた紙に互いに何か記入していた。多分、連絡し記録することになっているのだろう。この様子からすると、休憩所で脱走する者がいるという噂《うわさ》は本当らしいな。無理もない。近付くに連れ不安と恐怖がじんわりと募り、緊張の高まりを押し留める術はない。灰皿に吸殻を投げ入れてバスに戻ると、運転手が乗車口で待ち受けていて、乗客リストにチェックマークを書き込んでいた。私が近寄ると彼は顔を上げ、

「茅野正志さんでしたね」と微笑んで見せた。私は黙って頷き、マークが記されるのを横目で見ながら乗車した。

バスは温かく穏やかな日和のなかを走り続けていた。春の陽射しに煌《きら》めく田園風景が眼下に広がり、ときおり田舎町が足元に現れては退いた。少しの間、私はまどろんだようだった。昨夜は深夜までみんなとお喋りに興じ、無言ではあったものの、聡さえもが最後まで付き合っていた。しかも今朝は、陽が昇るより早く起き出したのだから無理もない。窓外を見やると、既に高速道路からは出て、大きくうねる山間《やまあい》の一般道路を走っていた。

「よく眠れましたかな。お疲れのようですね」隣から声を掛けられた。

「何か失礼なことをしませんでしたか？」バスがカーブを切るときに揺れて身体をぶつけるとか、あるいはいびきをかくとか、迷惑を掛けたのではないかと気に掛かった。

「いやいや、ご心配には及びませんよ」にこやかな笑みを浮かべてこちらに向けながら、付け加えて

訊いてきた。

「どんな所でしょうねえ。何かご存知ですか？」

「いいえ何も。パンフレットさえろくに読んでないんですよ」通知書と一緒に送られて来たパンフレットには、〔老人村〕の概要説明が載っていたのだが、私は表紙を一瞥《いちべつ》しただけで、内容を承知していなかった。目眩ましにいくら美辞麗句で飾り立てても、本質はなんら変わらないと、決め込んでいたからだった。それに、どうせ陸の孤島のような辺鄙《へんぴ》な所に、人工的な建物が並んでいるのだろうと想像していた。

「心配ではないんですか？」隣の紳士は不思議そうに私を覗き込んで、更に訊いた。

「気に掛からないと言ったら嘘になりますが、本当のところは、行ってみないと分からないでしょう。すぐに分かりますよ、もう少しで着くでしょうから」気のない返事に聞こえたのか、情報を得られそうにないと諦《あきら》めたのか、紳士はそれ以上喋らなかった。簡単に切り上げてくれたことに、私はホッと胸を撫で下ろしていた。もともと初対面は苦手だったし、今は何よりも静かにひとりでいたかった。

山と谷が交互に流れていく景色に、ただぼんやりと眺めるともなく目を泳がしていた。進めば進むほど自然のままの風景に、人里離れていく侘《わび》しさを感じながら。私には被害者意識はまったくなかったが、当たり前のように淡々と事が進められていくことに、鳥肌立つ人為的な冷たさを感じていた。

2. いざ行《ゆ》かん

停止するほどにスピードを緩めて直角に折れ曲がると、突然幅広い立派な道路になり、両側には手入れの行き届いた並木が現れた。家の辺りと比べると、ここは一箇月くらい気候がずれているようで、山躑躅《つつじ》がチラホラと咲き、鮮やかな新緑の芽が出始めていた。夏は気温も低く木陰が涼しそうだが、冬はかなり寒いのだろうと推し測られた。バスがゆっくりと停まった。そこには門があるのだった。運転手が窓を開け、守衛とほんの二言ばかりやり取りした。乗客はみんな固唾《かたず》を呑んで耳をそばだて、その言葉を聞き取ろうと注意を集めていた。間もなく発車すると、無言の行《ぎょう》から解き放たれたかのように、瞬時にして車内はそれまで以上の喧騒《けんそう》に包まれた。

「今通った門が入口のようですね」隣の紳士が独り言のように呟いた。緊張の糸がピンと張ったのだろう、その声は上擦って震えた。私は圧し黙ったまま、窓の外に向けた目を動かさなかった。曲がりくねる山道をゆっくりと上り続け、それに連れて乗客は何度となく左右に大きく揺さぶられた。やがてバスは停車した。

「ここで四台のマイクロバスに乗り換えて頂きます。名前を呼ばれた方から降りて下さい」運転手は一号車から順にリストを読み上げていった。

「それぞれの村に分かれるようですね」紳士がまた自分に向かって呟いた。彼は何かを言わずにはいられなかったのだ。私は早々と一号車で呼ばれ、立ち上がった。

「お元気で」もっぱら自分の名前が呼ばれることに注意を傾けながら、紳士が形ばかりの挨拶を述べた。心ここにあらず、実《じつ》のない虚しいばかりの言葉に対して、私は一瞥《いちべつ》をくれて乗降口へと向かった。車外に出ると、マイクロバスの運転手が待ち受けていて、親指を立ててどのバスかを指示していた。その方向に歩を進めながら、辺りの様子に目を配った。ここは小高い台地になっているらしく、隅には小さな小屋が建ててあった。台地の下には、周囲をすべて山に取り囲まれたビルの天辺だけが、一瞬チラッと垣間《かいま》見えた。世間から隔離された不治の疫病施設と同様に、それは在ってはならないものとして建っていた。何の声かは分からないが、鳥の活発なさえずりが行き交《か》っている。それは領分を侵した人々への抗議なのかもしれない。マイクロバスはただちに動き始め、山を削り落して造ったうねる坂道を、歩くようにノロノロと前進して行った。道程はさほど長くはなく、ほんの五分もすると〔村〕の入口に到着した。金網の扉が開けられ、マイクロが敷地内に入って停車すると、すぐさまうしろで扉は締め切られた。運転手が忙《せわ》しなく手を振り動かし、下車するようにと合図を繰り返していた。降り立つと、目の前に土壁色のビルが立ちはだかった。見上げるとそれは青空へと吸い込まれ、目眩くばかりにそそり立っている。まるで圧し潰さんとしているかのように居丈高《いたけだか》で、威圧された。これなんだ、と思わされた。周囲には内臓までも抉《えぐ》り取られ、赤土を曝け出している山々の無惨な姿があった。自然を凌駕《りょうが》し勝ち誇るように、コンクリートの箱が冷え冷えとそびえているのだ。薄ら寒さが背筋を撫でていった。

「茅野正志さんですね？」痩せてヒョロッと背の高い男が近付いて来た。死を予感させる斑点を満面に浮かせ、冷たく凍て付く無表情。まるで浜辺に打ち上げられた魚のように、生気のないトロンとした目付きをこちらに向けている。

「そうです」その目付きのせいで胸糞が悪くなるのを感じながら、手短に応えた。

「一号村の書記の土井です」生きた心地のしない目のまま、斑点の頬を微動だにせず、彼はいたって形式的に挨拶した。私は軽い会釈だけを返した。

「私に付いて来て下さい。一号村まで案内しますから」言いながら、さも嫌そうにだらけた態度でうしろを向くと、長い脚で大股に歩き始めた。歩幅が広いだけのことはあって、動作がのろいわりには意外なほどに速かった。私はそれに合わせて随って行った。〔村〕に到着した者には、それぞれ引率者が出迎えに来ていて、おのおの割り当てられたビルへと散って行くのだった。土井は黙々と自分のペースで歩き続け、うしろを振り返ることはなかった。ただ一度だけ、

「いちばん端っこなんでね」と、立ち止まることも振り向きもせず、同じ速さで進みながら言った。歩くにはけっこう長い距離だったが、最後まで歩調が落ちることはなく、こちらのほうが運動不足を感じさせられていた。道すがら、通り過ぎていくものを眺めた。左手には延々と金網が張り巡らされており、その内側にまだ新しい十一階建てのビルと林が、交互に現れては消えていった。どのビルも

全く同じ色形で、単調この上ない。ビルと林の間が庭になっていて、ビルの際にしつらえられた花壇には、色鮮やかな花々が咲き誇っている。林まで敷き詰められた芝生のなかを、くねって流れる川のように、赤土の道が這う。花を愛《め》でる人や芝生に座って談笑する人々、散歩している人などの姿が見受けられ、ゆったりとした時が流れているようだった。右側にはこんもりとした山を削った急斜面が、ずっと続いていた。もともとはもっと狭い自然の盆地だったものを、周囲の山を削り取って拡張し、造成したようだった。足早に十分程歩くと、正面が山裾になっていて、ビルの側面には焦げ茶色の1の文字が、大きく浮かび上がっていた。それは敷地全体の最北端に位置し、不安定に感じるほど東西に細長く延びた建築物だった。一号村とか言っていたな、してみると、この一号ビルがひとつの村ということらしいな、と推量された。土井は五メートル程の高さの金網の前で立ち止まり、ポケットから鍵を取り出して出入口を開けた。二人が内側に入り、元通りに鍵を締め終えると、彼はなにやら思わせ振りに、ニイイッと口を歪めて見せた。芝生の間を縫うように蛇行している道を、これまでと同じ調子で進んで行った。林の木陰に点在するベンチには、その殆《ほとん》どに腰掛けている人達がいた。五月にしては強い陽射しを避けているのだろう。対照的に陽当たりの良い花壇の方には、ほんの数人しかいなかった。おそらく早朝のうちに、水をやったり手入れし終わっているに違いない。百メートル程も行くと花壇が途切れ、ビルの口のような幅広い玄関があった。硬質ガラスでできた自動ドアが左右に開き、すぐに閉じた。再び開き、また閉じた。三度、四度、五度、同じように続いた。ドアの内側で、男がセンサーの感知位置に右足を出しては引っ込め、出しては引き、果てしなく繰り返しているのだった。ギラギラと異彩を放つ眼差しをたぎらせ、憎悪も露わに床の一点を凝視し、囚われている。彼にとって、そこには厳然たる線があり、それを踏み越えることがどうしても出来ないのだ。越えられぬ一線を目前に、もがき苦しみ、一心不乱に飽くことなく挑み続ける。永遠に勝利出来ない無償の闘いに駆り立てられて。そのすぐ脇を、彼などいないかのように一瞥《いちべつ》さえもくれず、土井は大股でどんどん入って行った。ほんの一瞬、私はそこで逡巡《しゅんじゅん》した。これが噂《うわさ》の〔老人村〕なのだ。とうとう来る所まで来た。ゾクゾクと武者震いが身体中を駆け巡る。いざ行《ゆ》かん。

玄関の右側は、広々とした余裕のあるロビーになっていた。南向きの壁一面がガラス張りで、白いレースのカーテンの編目から、ロビー全体に煌《きら》めく陽光が振り撒かれている。丸や四角の数多くのテーブルと椅子とが、ゆとりのある間隔で配置され、窓際には所々にソファと観葉植物が置かれてある。正面には二十人ぐらいは乗れそうなエレベーターと、幅広い階段があった。左側は中央を通路が貫き、その左右に部屋という構造だった。ロビー向きの壁には、縦一メートル以上もある木製の古風な柱時計が目を引き、十一時四十五分を指している。土井は左に折れ、通路の左側に並ぶ二番目のドアを軽く二度ノックすると、躊躇《ちゅうちょ》することなく開けて入り、私にも入るようにと内側から手招きした。私が入室すると、背後で土井がドアを締めた。その音と同時に、事務机に向かって書類を読んでいた男が立ち上がり、急いで愛想笑いを作りながら、忙《せわ》しなく私の方へと近付いて来た。背が低く華奢《きゃしゃ》な体躯で、頼りな気な見掛けの印象だが、素早い動きと艶々した皮膚、睨《ね》め上げる鋭い目付きから、活力豊かで行動的な人物と思われた。

「私が村長の森田です。お疲れになったでしょう。まあどうぞお掛け下さい」応接用のゆったりとした袖付き椅子を勧め、私が座り終えるまで目を離さないでいた。その間に、土井は入って来たのとは別の、部屋続きのドアから出て行った。多分、隣が事務室になっているのだろうと測り知れた。村長は机の抽斗《ひきだし》から取り出した紙を手に、低いテーブルを挟んで、向かいのソファに腰を下ろした。

「茅野正志さんでしたよね」彼は尋ねるのでも確認するのでもなく、会話の糸口として切り出した。

「ええ」刺してくる視線を、僅かな角度でかわしながら応えた。

「だいぶお疲れのようですね。昨夜はご家族とのお別れなどで、あまり眠れなかったのでしょう。たいていの人がそうですから。その上、今日は朝早くから、何時間もバスに揺られて来られた訳ですからね。特に茅野さんの場合は南部からですから、お迎え回りも含めると、たっぷり五時間はかかったでしょうしね」村長はこちらの様子を覗いながら、気持ちをほぐしにかかったのだが、私が何の反応もしないことに、早くも苛立ち始めていた。

「詳しいことは明日の説明会でお話しますが、世間とはまったく違って、ここは別世界ですからね。世間の常識が通用しないことがままありますので、そのつもりでお願いしますよ。これが入村同意書です。ここにサインをお願いします」手にしていた用紙をテーブルに置き、その署名欄を指先で示しながら、同時に上着の胸ポケットに挿していたペンを差し出した。それが何を意味するのかなどお構いなしの、極めて事務的な口振りと、つっけんどんな振る舞いだった。私は書類を手に取り、深々と背をもたせ掛けて座り直すと、それを丹念に読み始めた。村長は、いちいち書類を確認する奴なんだなと、苛々しながら苦々しく思ったに違いなかった。同意書には、法に則り入村することに同意するだの、入村後は村の規則に従い、従わないときは規則により処罰されるといった、至極ありきたりなことが書き並べられてあるだけだった。ここでは規則が主人であり、人はそれに隷属しているのだ。私が読んでいる数分の間に、彼はソファの上で何度も姿勢を変え、短い足を組み替え、貧乏揺すりをし始め、とうとう指でテーブルをコツコツ叩いて、苛立ちを露わに見せ付けた。いかにもサッサとサインをしてしまえと言いた気に、

「入村拒否者は、この場でただちに世間に送り返し、処刑されます」村長は小さい身体に威厳を込めて、断言した。

「従わなければ殺すぞ、か」私は紙から目を上げることもなく、独り言を呟いた。書類にサインして返すと、村長はそれを確認しながら立って行き、満足そうに、

「結構です、結構です」振り返って念を押すように二度言い、机の抽斗《ひきだし》に丁寧に片付けた。用は済んだとばかり、そそくさと部屋続きのドアを開けると、その場で向こうの部屋に首だけを突っ込んで、

「土井さん、茅野さんのお世話をお願いします」丁重な言い方ではあるが、命令だという緊迫感が込

められていた。土井が再び現れ、二人並んで私に近付くと、

「明日の朝八時から説明会をしますから、この部屋に来て下さい。今日はゆっくり休まれるといいですよ」村長はにこやかに挨拶を締め括《くく》った。

村長室からいったん通路に出ると、土井は玄関寄りのすぐ隣の部屋へ招き入れた。そこは村長室と部屋続きになっている事務室だった。壁際に資料書類を格納するキャビネットが並び、中央にはテーブルと椅子が置かれ、窓に向かって低いパーテーションで仕切られた六つのブース、それぞれにデスクとパソコンが設置されていた。おそらく昼休みなのだろう、部屋には他に誰もいなくて、がらんとしていた。

「こっちへ来て下さい」近寄ると、土井は小さな器具にカードを挟み込み、

「あなたのＩＤカードを作るので、このキーで暗証番号にしたい数字を打って下さい。四桁です」と言いながら、座っている事務椅子をクルッと回転させて背を向けた。考えるのが面倒なので、ゼロのキーを四回押した。振り返った土井が、器具から取り出したカードを私に差し出し、

「これがあなたのカードです。ここでは何もかもがこのカードで処理されますから、決して紛失しないように大切にして下さい。もし万一紛失された場合は、速やかに申し出て下さい」定型パターンの科白《せりふ》を抑揚もなく述べた。再び通路に出ると、土井は例の大股でノッシノッシと進んだ。玄関には先程の男の姿は最早なかった。どうしたのだろうか。ロビーでは大勢の人々が椅子に腰掛け、賑《にぎ》やかに

談笑していたが、私達が目に付くと急に押し黙り、新入りをジロジロと品定めした。土井は足早に階段を上がり始めた。それはエレベーターの周囲を巻くように設計されており、幅が四メートル程もあって、一段毎の段差が小さかった。両側ともに手摺りが付いていて、老人にも使い易いようにとの配慮が窺《うかが》われた。二階に着くと正面が南向きで、壁はやはり腰から上がガラス張りにされ、エレベーターと階段の幅の分だけが、小さなロビーになっていた。左、つまり東を向いて幾らか進み、一人の男の前で土井は立ち止まった。中背で腹の張り出た、ふくよかな赤ら顔の男だった。土井が簡単に紹介した。

「地区委員の山本さんです。こちらが茅野正志さん」

「山本美智男と申します。宜しくお願い致します」と恭《うやうや》しく挨拶し、世間で身に付いてしまった所作なのだろう、深々とお辞儀をしようとしたのだが、すぐに出っ張った腹がつかえてしまった。私は笑いをこらえ、小さい会釈だけで済ませた。その応対振りからすると、どちらが新人なのかは、一目瞭然だったことだろう。

「じゃあ山本さん、あとは頼みますよ。あ、茅野さん、明朝八時、遅れないように」言い残して、土井はサッサと立ち去って行った。うしろ姿を見送るまでもなく、山本が喋り始めた。

「二〇四〇号室、これがあなたの部屋です。名札が入っているでしょう。IDカードをもらいましたね？　ちょっと貸して下さい」山本は私のカードを使って実際にドアを開けて見せ、ひとつの操作をする度に、分かったかと目で問い掛けてきた。私はその都度小さく首肯《しゅこう》を返した。

「幅二メートル、奥行三メートル、ですから六平方メートルになっています。狭いようですが、住めば都ですぐに慣れますから。ドアを閉めると自動ロックが掛かります」先程の格式張った挨拶とは打って変わって、既に親しい間柄ででもあるかのような打ち解けた調子で、山本は説明を続けていった。

「支給されている家具はベッドとテーブルに椅子、それにこのタンスで全てです。先に送っておかれた荷物はここに置いてありますからね、あとで確認して下さい。何か質問はありますか？」笑わなくてもにこやかな赤ら顔をこちらに向けて、ひと通りの説明は終えたというように、山本は訊いた。大らかで屈託のないお人好しな人柄が、見るからにあからさまだった。

「何もありません」私が小学生のようにハッキリ答えると、彼は満足そうに分厚い胸を張って大きく頷き、

「それじゃあ、バッグを部屋に置いて、一緒に昼食に行くとしましょう」とても機嫌よさそうに並んで歩いた。

「茅野さんは自然食だったんですか？」チラッとこちらに横目を投げ掛けて、尋ねてきた。

「ええ」何の為にそんなことを訊くのか分からなかったので、簡単に応えると、

「ここでは三食全部が食料剤ですからね。最初は僕もそうだったんですが、夜眠れないくらい酷《ひど》く腹が減って、慣れるまで大変なんですよ。それが今では逆に、自然食を受け付けなくなってしまいまし

たがね。おそらく内臓が働かなくなったんでしょうね」彼のハッキリしたよく通る声が、階段で反響した。

「階段を使うのは、もっと上の人達がエレベーターをよく使うのでなかなか来ないのと、運動の為なんです。規則ではないんですが、まあ習慣ですね」一階に降りると、村長室などがある西側とは反対の方向へ向かった。ロビーの東端まで来ると、山本は立ち止まり、これだというふうに指差しながら、目で合図をよこした。自動販売機のようなものにＩＤカードを差し込んでボタンを押すと、腰の高さ辺りの取り出し口から、小さな袋をひとつ取り上げた。私も同じようにして包みを手にした。

「今まで自然食を食べていたのなら、飲物を買った方がいいでしょう」壁際に立ち並ぶ色とりどりの自動販売機を手で示し、どれでもお好きな物をどうぞという仕種をした。

「飲物はここで自由に買えるんですよ。空腹に耐えられない人と、幾らかでも内臓を動かしたい人の為にね。それに、夜はチョット一杯という訳で」彼は親切心から勧めてくれたのだが、

「私はいりません」と断った。お好きなようにという意味なのだろう、彼は眉を上げ、肩をすぼめるポーズをして見せた。振り向いて空席を目で探し、窓際に見付けると、まっしぐらに進んで行った。パイプ製で、座面と背当て部分だけに薄いクッションを貼った椅子に座ると、山本は包みを破ってテーブルの上に中身を出した。錠剤が七粒転がって広がり、そのうちのふた粒には見覚えがあった。

「食べ方は知ってますか？」

「いや、よく分かりません。食べ方があるんですか?」

「青色が主食で最初、他の四色が栄養素で二番目、白と黒は水と膨腹剤で最後です」彼は指先で順番に並べて見せ、私が同様に並べたのを確認すると、早速青い錠剤をガリッと噛み砕いた。私もそれを真似てみたが、思った通り、顔が歪むほど酷《ひど》く歯が痛んだ。

「僕は歯を大切にしていましてね。自慢じゃないんですが、この歳で全部自前の歯なんですよ。食料剤は噛んでも飲み込んでも効果は同じなんですが、僕は歯と顎《あご》の運動の為に噛んでいるんです。歯がダメになると衰えると言うじゃありませんか」山本は自慢じゃないと断りながら得意気に、知恵と知識があるのだと言いたそうだった。

「昼食といってもたったこれだけで、一分とかかりゃしない。ほら、あの人達をご覧なさい」彼は顎《あご》をしゃくって、斜め隣の席を示した。三人が何かの話題に熱中していて、テーブルの上には各々の前に、錠剤が四個ずつキチンと一列に並べられていた。

「たったこれだけの食事を、話をしながら引き延ばして、出来るだけ楽しもうという魂胆なんですよ。見ていれば分かりますよ。会話が途切れたときに、一斉に飲みますから」確かに、彼らはその通りにした。山本は、ホラねというふうに、顔をほころばせた。

「食事は三食とも、さっきの支給機で受け取ります。朝は七時から八時、昼は十二時から一時、夜は五時から六時の間です。たとえ一秒でも遅れると、支給機は止まってしまいますから要注意です。これが点呼の役割にもなっていて、時間内に受け取らないと、所在不明として捜索されるんです。脱走かもしれないし、病気かもしれないという訳ですよ」そこまで説明して口をつぐみ、カーテンの編目から外の様子を覗き始めた。私はロビーにいる人々の様子を観察していた。殆《ほとん》どの人達が会話に興じてにこやかな表情をたたえており、なかにはかなり賑《にぎ》やかにはしゃいでいる一団もあった。そんななかで、窓際にポツンと一人、何気なく外に目をやっている女性の姿が、気を引いた。そこだけが、他から隔たり際立っている別世界、のような強い印象を受けた。

「やっぱりあの人に気付きましたか。いつも一人で、あの席なんですよ。確か野村恵美子といって、十一階の夫婦用にいるんですが、最近とんとご主人の姿が見えなくなりましてね。そこの委員から、どうしたものかと相談を受けているんですよ。つまり、事務局へ報告すべきかどうかをね。食事は彼女が代わりに受け取っているらしいんで、事務局では分かっていないんです。僕は二階東の委員だから担当外なんですけどね」係わり合いになりたくないのだろう、最後は無関係だとばかりに投げやった。山本は腕時計を見ると、約束か用事を思い出したように急《せ》き込んで、

「午後はどうしますか？　明日の説明会の後、書記の案内で見学がありますから、今日見て回る必要はないでしょう」腰を浮かしながら、自分の役割は終わったと主張していた。

「結構ですよ。荷物の整理などをしますから」私は一人になりたかったので、渡りに船だった。

「そうですか。じゃあ、五時半にここで一緒に夕食としましょう。僕の部屋は二一二五号ですから、

もし何か用事があったらノックしてみて下さい」ふくよかなお人好しの相好《そうごう》を崩して、言い残しながら慌《あわ》ただしく離れて行った。一人になった私はうたた寝しそうになりながら、目に入るものを片っ端から眺めた。さっきは気付かなかったが、食料剤支給機は壁際に十台ばかり並んでいる。飲料を売る自動販売機も同じくらい設置されており、意外と多くの人達が群がって求めているのだった。大きい掲示板が壁に何枚も掛けられていたが、何が書いてあるのかは読み取れなかった。テーブルは満席ではなかったが、九割方が使われていた。なかにはトランプで遊んでいる面々と、それをうしろから観戦している人などもおり、隅っこでは、囲碁や将棋にも群がっている。今日は陽差しが強いからか、庭を歩いている人は少なかったが、林の木陰に据えられているどのベンチにも、人の姿が認められた。陰を選んで、芝生に腰を下ろしている人々も散見された。こんなふうに僅かばかりの楽しみや慰めで騙《だま》しながら、羊の群れは確実に屠殺場へと進んでいくのだろう。気付くと、彼女の姿はなくなっていた。あとで庭を散歩してみよう、出来ればベンチにも座ってみるか、と決めて立ち上がり、自分の部屋へと戻って行った。

カードで開けたドアの所に立って、私は部屋の中を繁々と眺め回した。必要最小限の道具類、飾り気のないクリーム色のコンクリート壁と天井、味気ない草色のブラインドが窓を塞いでいた。スライド式のドアには明かり取りの磨《す》りガラス窓があったが、窓カーテンを閉めると室内は真っ暗になった。眠るときには閉めることにしよう。目が闇に慣れるのを待って、ブラインドを上げようとしたのだが、どうすれば出来るのか分からなかった。天井の照明も、スイッチを押したが点《つ》かなかった。暗い部屋の中で右往左往した挙句、スイッチボックスにカードを差し込んでおけば通電することに、やっと気付いた。ブラインドは電動式で、そばのボタンを押すと、擦《こす》れ気味の音を立てながら巻き上がった。勿論、明るさを調節する為に、下ろしたままで角度を変えることも出来た。窓はテーブルのすぐ上に設けられた一メートル角くらいで、部屋中がかなり明るくなったが、北向きで陽は射し込まなかった。そういえばこの部屋の並びは北側だったな、南側なら太陽の光が入るのだろう。透明の分厚い一枚ガラスをはめ殺しした窓には、外側に格子が取り付けられていた。脱走や飛び降り自殺の予防のつもりなのだろうか。天井の間接照明は、二段階で明るさを調節出来た。並んでいるスイッチを順に押していくと、ベッドの下に足元灯が点《つ》き、テーブルの卓上を照らすライトが灯った。エアコンは集中制御しているのか、今は作動していないようだった。テーブルは造り付けで移動することが出来ず、横六十センチ奥行四十五センチの小振りで、天板の下には浅い抽斗《ひきだし》が付いていた。ベッドに座ると少し軋《きし》んだが、柔らか過ぎることはなく、これなら眠り易いだろうと思われた。枕はスポンジのようなクッションで、嫌なことに頭を乗せると沈んでしまうのだった。タンスを調べると、上の方は観音開きで洋服などを吊るようになっていて、下部には抽斗《ひきだし》が二段あり、シャツや下着類を折り畳んで入れるのだろう。全体的には、自分一人が寝泊りするには充分過ぎると思われた。寝るだけの監獄かと想像していただけに、何の不足もない。もし注文を付けるとしたら、トイレと風呂は各部屋に欲しいものだ。

ひと通り部屋を調べ終えたところで、庭へ行ってみたいという誘惑に駆られながら、予《あらかじ》め送っておいた四つのダンボール函を開封して、衣類と本が入っていることを大雑把《おおざっぱ》に確かめた。もう腰が浮いていた。

ロビーを通ると、先程の賑《にぎ》わいとは打って変わって、僅かに疎《まば》らな姿しかなく、深閑と静まり返っていた。玄関の自動ドアは音もなく開いた。そういえば、さっき繰り返していた人は、いったいどうしたのだろうか。眩しい陽光に、一瞬クラッときた。まだ五月だというのに草いきれする芝生を横切って、向かいの林の木陰に逃げ込んだ。林のなかにはそこここにベンチが置かれていたが、どれも人が座っていて、話をしたり本を読んだりしているのだった。奥の方へと踏み入ると、こんもり小高くなっていて、すぐに金網に突き当たり、それが隣の村との境界になっている。隣は林を抜けるとすぐにビルで、庭もなく人影もない。木々が邪魔をしているので、金網沿いには歩けなかった。裾に下がって、芝の上を西の端までゆっくりと散歩するように歩いてみた。玄関から百メートル程でビルは終わり、急斜面が上がっていった。どうせすぐに金網があるのだろうと思うと、斜面を上がって森に入って行く気にはなれなかった。ビルの裏も見ておいてやろうと背後に回ると、そこには誰一人としていなかった。出入り口がひとつもなく、表側ならちょうど玄関がある辺りに、螺旋の非常階段と鋼鉄の非常ドアがあったが、今は閉ざされている。一階の窓という窓はシャッターで締め切られ、中の様子を覗うことは出来なかった。裏山には立ち入らなかったが、ちょっとした岩や切り株があったりして、人を避けてひとりでいるには打って付けのようだ。明日はもっと詳しく観察してみよう。ブラブラと気ままに歩いているうちに、東端まで来てしまっていた。結局ビルを一周し、玄関まで戻って来ると、散歩といえども汗が滲《にじ》んだ。太陽は既にその勢いを失っていたが、涼を求めて木陰の芝生に腰を下ろした。春の午後らしい爽《さわ》やかな一陣の風がそよぎ、心地好くありがたかった。緩やかな斜面に身体を預けると、そのまま寝入ってしまったようだ。

「風邪をひきますよ」私の肩を軽く揺り動かしながら、顔を覗き込むようにして誰かが囁《ささや》いていた。目を開けると同時に、その見知らぬ顔は遠ざかり、視界から消えた。狐に抓まれたように、上半身を起こして辺りを見回したが、もう姿は見当たらなかった。既に太陽は山に隠れ、周りは薄暗くなっていたが、西日を浴びる東の空だけが際立って明るく、青々と照らし出されていた。山に囲まれているから日没が早いのだろうが、盆地ではない場所では、まだ陽が射しているに違いない。ムックリと立ち上がってズボンを払い、速足でロビーへと向かった。約束の時間に遅れてしまったのかもしれないと、気が急《せ》いた。柱時計は五時四十五分を指している。

「茅野さん、大丈夫ですか?」私を捜していた山本がすぐに見付けて、足早に近寄って来ながら声を掛けてきた。

「ええ、遅れてすみません」声が咽喉《のど》に引っ掛かりながら応えると、

「芝生の上で寝たんですね」と言いながら、背中に付いた草切れを払い落してくれた。

「自分でやりますから」まるで子供みたいだと、私は気恥ずかしくなって身体を捩《ね》じったが、彼はひとしきり手を止めず、

「さあ、これでいいでしょう」終わりの徴《しるし》にポンとひとつ背中を叩いた。

「ありがとう、待たせてしまいましたね」朗らかに盛り上がる頬と額の間に埋もれた小さな眼《まなこ》を見ながら、感謝と謝罪の意を表した。山本は澱みなく食料剤支給機の方向へと急ぎ、うしろに随っている私に、

「遅れると煩《わずら》わしいんでね」と振り返らずに言った。支給機には順番を待つ人々が列をなしており、近付きながら最も短い列を選んでいたのだった。彼は並んで待つ間にこちらを向いて、

「こういうこともあるんですよ。だから少し余裕を持っておかないとね。我々が最後のようだな」気を揉《も》んで注意を与え、苛立たし気に指先でカードをいじくり回していた。長いと感じた列も、一人に付き十秒か十五秒の所要時間なので、五分くらいで順番がきた。カードを差し入れ、ボタンを押して、出てきた袋を取り上げた。山本は間髪容《い》れず、

「滑り込みセーフ、ですね」にこやかに頬を緩めて広げ、子供のようにおどけて見せた。列は私達で終わり、背後には誰もいなかった。昼食のときと同じ席が空いていて、そこに座るや否や、

「茅野さんは気付きましたか？　みんな同じ席に座っているでしょう。席は自由というルールなんですが、殆《ほとん》どの人がいつも同じ席に座るんですよ。動物的な保身本能が働いているのか、犬の小便と同

じですね」笑い掛けながら気付きを披露した。山本は典型的な肥満体ではあるが、決して鈍感ではなく、むしろよく気が付く上に気が利くところもあった。彼は食事の復習レッスンをするかのように、七粒の食料剤を食べる順に一列に並べた。私がそれに合わせて並べたのを確認すると、彼は満足そうに大きく頷いて、ひと粒を口に放り込み、奥歯でガリッと噛み砕いた。丈夫な歯をしているのだなと感心しながら、私の方は舐《な》めることしか出来なかった。

「腹が減ったでしょう、こんな錠剤だけじゃ。飲物を買いませんか？」

「いや、止めておきます」

「僕に遠慮することはないんですよ。僕は慣れっこだから、これで充分なんですから。茅野さんは初めてだから、今夜は腹が減って眠れないかもしれませんよ。もし欲しくなったら、自動販売機は夜中でも使えますから、カードでね」人工的に付けてある味を賞味するかのように、山本はひと粒ずつ間《ま》を置いて食べていた。

「このあとのことを言っておきましょう。六時から九時半までが入浴時間です。風呂とトイレは各階の両端にあるんですが、基本的に我々東地区は東側を使うことになっています。浴場には個室のシャワーもありますよ。トイレは、食料剤だけなら殆《ほとん》ど使わないでしょうけど、飲物を飲むと必ず行きますからね。身体に必要以上の水分を入れるんだから、当然の結果という訳ですね」ここまでひと段落というふうに、彼はこちらの理解を目で覗いながらひと息ついた。私はただ黙って聞いているだけだった。

「消灯は十時になっていて、そのときは自分の部屋にいなければなりません。カードを差し込んでいる信号で分かるんですよ。もし不在者になると、捜索されることになります。消灯といっても、電気を消さないといけない訳じゃありません。消灯後でも、けっこう遅くまで起きている人もいますよ。通路は夜間照明になって薄暗いですが、部屋の電気は点《つ》きますからね。このロビーも暗くはなりますが、夜行性の人がいたりします。ただ、建物の外には出られません、全ての出入口がロックされますから。もし万一、十時に外にいて入れなくなったら、不在者として捜索の対象になりますから、注意して下さい」再び私の目をじっと見詰め、彼は反応を見極めた。

「起床は六時ですが、その時間に部屋にいればいいので、実際にはもっと早くから起き出す人達がいます。やはり建物内に限られていますがね。洗顔はトイレの隣にある手洗い場でします。そこには洗濯乾燥機も設置されていますから、自由に使って下さい。朝食は七時から八時の間です。これで一日を一巡したことになりますが、宜しいですか？」説明は終わりだと、最後に言葉での確認を求めてきた。

「分かりました。他には拘束されることはないんですか？」彼は拘束という言葉に軽い戸惑いを覚えながら、

「ここは良く言えば自由ですし、悪く言えばやることがないんですよ」頬に挟まれた低い鼻先を撫で、

口許を少し歪めて笑っていた。既に二人とも食べ終えていて、会話が途切れると手持ち無沙汰な状態になってしまうのだった。外を見やると、もう真っ暗になっていたが、昼間には気付かなかった数本の街灯が、林の所々をほんのりと照らしていた。夜の散歩を楽しんでいる人影が点々とあり、夫婦連れが多いような印象を受けた。

「ここには夫婦で入っている人達も多いんですね」気詰まりにならない程度に会話をしようと、取り留めのない質問を投げ掛けた。

「最上階の十一階が全て夫婦用になっていましてね、全室満員で百組の夫婦がいます。もともと夫婦専用の村があるんですが、予測に反して不足したものだから、急遽改造したんだそうです。それでも夫婦用が不足しているくらいなんですよ。女性用の村の一部にも夫婦用があるようですが、いずれに入るかは希望出来ると聞いています。一般的には、女同士の人間関係が苦手な奥さんは、男の村に来るようですね。実は僕も来年には妻が入って来るので、何処にしようかと迷っているんですよ」たいそう嬉しそうに、はち切れんばかりの頬を輝かせた。私は目を細め、微笑み返した。

「ああ、もうじき七時になりますね。僕はひと風呂浴《あ》びに行きます。何か分からないことがあったら、遠慮なく声を掛けて下さい。明日は朝八時に村長室ですよ。遅れないようにね」山本は立ち上がりながら付け加えた。

「ありがとう、お世話さま」私も席を立ち、礼を言って別れると、部屋に戻ることにした。

『二〇四〇号室・茅野正志』。ドアの横には部屋番号と名前が表示されている。点を連ねて線に見せ掛ける機械文字は、特に曲がり具合でその正体を露わにしていて、いかにも非人間的な無味乾燥さを、積極的に主張していた。この文字が自分を表しているつもりなのかと思うと、強い憤《いきどお》りと情けなさが眩暈《めまい》のように渦巻いた。やはり囚人なんだな。いったい何に囚われているのか、何に隷属させられているのか、私には明々白々に理解されていた。部屋に入り、荷物の整理に取り掛かった。四個のダンボール函のうち、ふたつには妻が準備してくれた衣類と生活用品が詰められており、そのままタンスの中に移動させた。残りは書物と数冊の真新しいノートだったが、この部屋には本棚がない。辺りを見回して少し思案し、タンスの上部、洋服やズボンを吊り下げた下の空間に、本を立てて並べることにした。家の本棚に入れていた順番通りに、一冊ずつ取り出しては復元していった。ノートと書く道具は、テーブルの薄っぺらな抽斗《ひきだし》に収めることが出来た。最後に、函の底に隠すように入れておいた布包みを取り上げた。布を捲《めく》って、鈍い黒光りの拳銃を撫でた。込められた六発の弾を確認して、何故かホッと安心した。そのときが来たら、これが自分の意志を手助けしてくれるはずだ、と考えていたからだろう。しっかりと包み直し、タンスの抽斗《ひきだし》、衣類の下に忍ばせた。空になった函を折り畳んでベッドの下に潜らせ、これで仕事は終わったなと呟いた。独り言を言う癖は以前から目立って強かったが、ここに入って、更にいっそう酷《ひど》くなるに違いない。部屋の中を行ったり来たり、無意識に歩き回ることも増えるだろう。ベッドにゴロンと横たわり、風呂に入るのも面倒で、ただぼんやりと天井を見上げていた。長い一日だった。本当に、長い一日だった。お迎えが来、家族と別れ、バスに揺られて人里離れた別世界に到着した。六平方メートル、これが落武者である私に与えられた最後の城、との思いが浮かび上がってきた。世間から隔絶された地の果てに造られた、この監獄にも似た、あるいは病を治さぬ病院ともとれる、人間を数としてのみ管理するこの場所で、処理されるそのときをひたすら待てということなのだ。その昔あったとかいう姥《うば》捨て山、ナチスの強制収容所、今も本質は変わらない。人間が必要さや有益さで測られ、無用と烙印《らくいん》された者は処理によって消される。まるで消しゴムで擦《こす》り消すみたいに。偽者と見せ掛けが大手を振って横行する陰で、本物の人間はいったい何処にいるのか。皆が皆、その魂を売り渡してしまったとでもいうのだろうか。それとも、そもそも本物の人間など存在しないのか。幻想に惑わされているに過ぎないのか。様々な想念に包まれて、糸をほぐすことも抵抗することもなく、身じろぎひとつせぬまま、まどろみと現《うつつ》の狭間を水母《くらげ》のように漂っていた。

第2部　生き延びる条件

1．取り扱われの身

自然に目覚めると、既に窓明かりが室内全体を照らしていた。直接には光線が入り込まないが、それでも不自由のない充分な明るさだった。自宅でなら、その光の加減や明るさの程度などから時間が知れたが、初めてのここでは全く推測が及ばなかった。昨夜はそのまま寝てしまったんだなと、前後の脈絡を付けながら照明を消した。窓を開け、新鮮な空気を取り込みたかったが、はめ殺しでは叶わない。鳥の鳴き声が聞こえないのは、それだけ密閉性が高いのだろう。通路の方からも、歩く音や話し声は届いてこない。音が遮断されているのは、とてもありがたい。目覚まし時計が必要かもしれないなと思いながら、ロビーで確認しようと部屋を出た。階段まで行くと、二階の小ロビーに数人が集まり、話が弾んでいる様子だった。チラッと目をやると、そこに小振りながらも壁掛け時計がぶら下がり、六時四十分を告げている。してみると十時間くらいも眠っていたんだな。こんなことは露あり得ないことなのだがと、何気なく溢れる苦笑を唇の端に感じていた。部屋に戻り、洗面用具を持って手洗い場へ行った。みんなが使う場所の入口には、その名称を表す大きい表示板が取り付けられ、ドアの前に立つと自動で開閉して、カードを必要とはしなかった。中には誰もいなかった。多分、みんなはとっくに済ませたに違いない。洗面台と鏡が並び、蛇口と液体石鹸の容器が取り付けられている。殺菌だけを施した自然水と、自動調節温水のふた通りがあった。自然水の蛇口には水滴が浮かび、水の冷たさを想起させた。おそらくは近くの小川を水源として、市内とは異なって使い回しの水でなく、初めて人に使われる新しい水なのだろう。私は浮き上がってグラつき痛む歯を磨き、沁みる水に顔をしかめながら、血塗《まみ》れの歯磨きを濯ぎ出した。いつものことではあるものの、歯茎からの出血は平生よりも明らかに多かった。きっと昨夜の歯軋《はぎし》りが酷《ひど》かったに違いない。設けられた液体石鹸を使って、自然水で顔を洗った。夏の井戸水のようにひんやりと気持ち好く、皮膚を引き締め、意識を覚醒させてくれた。ふと鏡に映る目とぶつかって、ギョッと竦《すく》んだ。敵を睨み付ける孤独な反逆者の目付き。漆黒の大きい瞳とくっきりした二重瞼が、いつになく落ち窪んで、鋭さを露わにしている。一直線の濃い眉が中央に引き寄せられ、その根に深く険しい皺《しわ》を二本刻み込んでいた。出っ張った広い額に変化はないが、頬はいっそう深く抉《えぐ》られて陰をなし、白い不精鬚《ぶしょうひげ》の浮く顎《あご》が尖り出ている。記憶に残らぬ低い鼻と厚い唇が、その平凡さの故に安堵《あんど》させてくれた。それにしても、艶も色も脱け落ちて弛み切った生気ない皮膚、ひび割れにも似た皺《しわ》と色素斑点、これが私の顔なのだろうか。顔は自分が置かれた状況を鋭敏に察知し、既に急速に死に親しんでいるかのように思われる。ブルッと首を強く振る。痛みを求め、溜まる血に腫れ上がった歯茎を、指先で圧し潰す。水の冷たさが神経に障り、刺す痛みが頭を突き抜けるのを見計らって、沁みるうがいで洗い流した。やはり食料剤は噛めないな。

部屋に戻って煙草を吸おうとしたが、灰皿がなく禁煙のようだった。喫煙所を捜し求め、ウロウロしなければならない。二階ロビーの一角がガラス張りの小部屋になっていて、立ったまま四人入るのが精一杯の喫煙所になっていた。そういえば一階のロビーでも、同じ物を見掛けた気がするなと、ぼんやりと思い出した。おそらく朝食に行ったのだろう、そこにはもう誰の姿もなく、がらんとしていた。私はゆったりとした気分で、喫煙のひとときをひとりで愉しんでいた。強力な吸煙機が頭上から垂れ下がり、瞬《また》く間に煙を根こそぎ呑み込んでいく。山本が言っていた通り、酷《ひど》く腹が減っているのを感じた。膨腹剤とは名ばかりで、その場限りのものではないかとさえ疑われた。昨夜は疲労の方が勝っていたので眠れたが、これほどまでに空腹なのは、年金破綻《はたん》以来のことだった。

一階のロビーは人々でごった返し、支給機には長蛇の列ができていた。満席であぶれた人々は壁にもたれ掛かったり、外へ出て行ったりしているのだった。夕食から朝食までの間隔が長いので、空腹に耐え切れず、七時に殺到するのだろう。こんなにも人がいるんだなと、詰まらぬことに妙に感心していた。この時間帯は避けたほうがいいな、外に出てみた。強く豊かな陽光が降り注ぎ、その輝きに一瞬の眩みを覚えた。気持ち好くスカッと晴れ渡る青空が抜けるように高く、穢《けが》れない緑の空気が穏やかに流れた。花壇には既に水を撒いた形跡があり、春の花々はその瑞々《みずみず》しさを競っている。確かに別世界だ。都会にはあり得ない自然の清々しさがあった。だがこれは誘惑の罠《わな》なのだ。騙《だま》されてはいけない。逃れることの出来ない命運を承知しながら目をつぶり、ほんの僅かの楽しみや快《こころよ》さに気分を紛《まぎ》らわせ、時をやり過ごしていくという訳なのだ。こんな仕掛けに飼い慣らされていくのだろうか。ここは何処で、彼等は、いや私は、いったいなにものだというのだろうか。

朝食を済ませ、八時きっかりに村長室のドアをノックした。まるで扉の向こうで手ぐすねひいて待っててでもいたかのように、すぐさまサッと勢いよく開かれた。

「おはようございます。時間厳守ですね」村長の晴れ晴れとした笑顔があった。会釈で応じると、中へと招き入れ、応接用の椅子を勧めながら、

「今日はとても気分が好いんですよ。規則通り五時から四名の処理があったんですが、今日の方々は皆さん大人しくてね。静かに気持ち好く逝《ゆ》かれました。その場になって泣いたりゴネたりする人が多いもんですから、こんな日は珍しいんですよ。それで私も清々しい気分になったという訳なんです。だってそうでしょう。嫌がる者を無理矢理押さえ付けて処理するのは、誰だって敵《かな》いませんからねえ」上機嫌に相手構わずペラペラと捲《まく》し立て、小さな身体をチョコンとソファに乗せた。

「一日で最大の仕事が上手く終わって、茅野さんの説明会と入村式。十一時に処理後のお見送り。昼前には新入者四名の受け入れ。今朝空いた部屋が、早速埋まるという具合でね。あとは簡単な事務処理という予定なんですよ」もう有頂天といってもいい程に、心底から嬉しくてたまらないというふう

に、一人ではしゃぎ、喋り続けていた。艶のある頬をよりいっそう輝かせ、鋭い目付きさえ柔和そうに見えるのだった。死刑執行人であろうとも、職務上の隠れた愉しみがあるのだ。私がその雰囲気に同調しないのを感じてか、あるいは私の顔付きに気付いてか、

「昨夜はあまり眠れなかったんですか？」なおも高揚した調子で訊いた。

「いや、むしろよく眠れましたよ」

「ほう、それは結構なことじゃないですか。最初からよく眠れる人は、そうそうおられませんからね」その目付きによく似合う嫌味も露わに、素直に言い表した。得体の知れないものを矯《た》めつ眇《すが》めつするように、こちらの顔色を覗い見ながら。

「じゃあ、始めましょうか」村長は座ったまま上半身を捩《ねじ》って腕を伸ばし、背後の机から取り上げた。一冊を私の方に差し出して目の前のテーブルに置き、自分もひとつ手にしていた。爽《さわ》やかな水色の表紙には『入村説明書』とあり、三十ページ程の小冊子だった。表紙を見た途端、背筋に虫唾《むしず》が走り、これを読むのかと思っただけでうんざりした。デザインや言葉に対してではなく、私を取り扱う規則とマニュアルなのだ、と感じ取ったからに他ならない。一瞥《いちべつ》しただけで手に取ろうともせず、関心さえも示さないことを見破って、村長はすぐに方針を決めた。

「この説明は規則に明記されていて、どうしてもやらない訳にはいきませんので、暫らく辛抱して聞いて下さい。茅野さんは知性の高い方のようですから、いちいちくどい説明は省くことにして、要点

だけを出来るだけ簡単に済ませます。この説明書を差し上げますし、読めば分かることばかりですからね。ただあとになって、聞いてないとか知らなかっただとか、文句を言われても困るんですよ。これは国が定めていることなんで、私にはどうしようもないんですから」薄っぺらな唇を小気味よく器用に動かし、如才《じょさい》なく責任逃れを付け加えることを忘れなかった。固い空気が二人の間に壁となり、立ちはだかった。

「三ページには『期日』と税金に関することが書かれてあります。七十五歳が最長となっており、誕生日の翌日が期日となります。そこまでいくには、相応の税金が必要とされています。全額一括払いだと割引がありますが、勿論、一年毎の支払いでも構いません。一年延ばすには、一年分の税金が必要だということです。その場合は、期日の一週間前までに払い込まなければなりません。ここの事務所でも取り扱いますし、世間の金融機関でも可能です。茅野さんの場合、『村民税』を全く支払っておられないので、現時点では期間は一年間となり、期日は来年の誕生日の翌日、つまり五月十六日となっています。何の期日かは当然ご存知ですよね。いやあ、村長をやっていて、これを申し上げるのが二番目に嫌な仕事なんですが、ハッキリ申し渡さなければならない規則なので……。期日とは、茅野さんが処理を受ける日のことなんです」村長は鷹のように険しく食い入る目付きになり、こちらの反応を覗い睨んだ。それは、解かっているのだろうな、という恫喝《どうかつ》の眼差しに他ならない。相手に取り合う気もなく、少しでも早く解放されたかったので、

「私の命日でしょ。金の切れ目が命の終わり」やはり僅かな角度で視線を避けながら、いたって投げやりに、露骨な言葉で表した。村長の目付きが瞬《また》く間に和《なご》み、難関を切り抜けてホッとした、安堵《あんど》の色に覆われた。緊張の糸がほぐれ、気楽な語調が取って代わり、あとは形式的な説明に過ぎないと言いた気だった。

「処理によってじゃなく、病気などで期日以前に亡くなった場合は、支払い済みの税金を残り日数による日割り計算で精算し、遺族に払い戻されるんです」彼は一気呵成《いっきかせい》に進めることに決めていた。

「ここでは自死を大いに奨励していて、その報償として、日割り計算した払い戻し金額の三倍が、遺族に支払われるんです。期日を延ばしていくには金が要るが、自死すれば、逆に三倍になって遺族に渡るという仕組みなんです。子供や孫の為に賢明な選択を、という訳ですね。しかも、茅野さんのように全く支払っていない場合でも、その半額が支払われます。国にとっては、経費がかからないメリットがありますからね。そんな訳ですから、入村早々にされる方もおられるくらいなんですよ」村長は上着の内ポケットから小さな透明の袋を取り出すと、指先に抓《つま》んでぶら下げて見せてから、私の前にそっと置いた。

「これが自死薬です。赤いカプセルが二個入っているでしょう。二個が致死量なんです。一個だけでは苦しむだけです」彼は唇の端ににんまりと薄笑いを浮かべ、いかにもわざとらしくゆったりと瞬《まばた》きした。ソファの背もたれに深く身体を預けながら、

「テーブルの抽斗《ひきだし》に保管しておいて下さい。使用されなかった場合は、回収しなければなりませんのでね」ひと息入れた。たいていはここで質問がくるはずだ、といわんばかりの顔付きだった。例えば、カプセルを噛むのか飲むのかとか、二個で間違いなく苦しまずに死ねるのかとか、自死薬を使う人がどれくらいいるのか、などだろう。私は心ここにあらずといった有様で、彼の期待をすっぽかした。依然として冊子に触れもせず、まるで上の空の相手に対して、彼は不満と苛立ちからページを指先で叩いて示したが、それも無駄だと悟ると、諦《あきら》めたように続けた。

「次に、病気に罹《かか》った場合や介護が必要となった場合は、それぞれ専門の村へ移動してもらいます。ここには二十八の村があって、そうした人達を専門に扱う村もあるんですよ。費用は別途徴収されます。こういうときにも、その自死薬が重宝がられたりするものなんです。快復すれば戻って来られることになっていますが、それは極めて稀《まれ》なケースで、殆《ほとん》どの場合はそのままです。移動した場合、たとえ一括支払い済みだとしても権利は短縮され、次に到来する誕生日の翌日が期日となって、過払い分は遺族に返金されます。要するに、病人村や介護村は回転を良くする為に、一年以内しかいられないんです」冊子に書かれていることを確認しながら喋っていた村長が急に顔を上げ、下から上へと睨《ね》め上げた。私はハッとした。というのも、そのとき彼の艶やかな頬に見入りながら、痩せているにも拘《かか》わらず、どうしてこんなにも張りがいいのだろうなどと、下らないことに気を取られていたからだった。

「実態として、移動の原因で最も多いのは、何だと思います？　介護じゃないんです、介護なんか必要ないって、みなさん頑張るんですよ。期間を短縮されたくないですからね。介護を受ける人の率は、実に世間の一割にも満たないんですよ、クックックッ」皮肉な含み笑いのような、奇妙な独り笑いで咽喉《のど》を鳴らした。改まって真顔に戻ると、もったいぶって自ら答えを示した。

「実はですね、精神的な疾患なんですよ。精神病や神経症といった。これがいちばん手に負えなくて、困っているんです」ろくに聞いていていないことを承知していながら、彼はそれがお定まりとばかりに尋ねた。

「お解かり頂けましたか？」

「病気と介護は途中下車、ですね」興味なさそうに端折《はしょ》ってしまうと、

「ハハ、上手いこと仰《おっしゃ》いますね。私も今後使わせてもらいますよ」子供のように無邪気に笑って、目だけが鷹のままだった。

「退屈でしょうけれど、もう少しお付き合い願いますよ。脱走は、本人が死刑で、家族には相当の罰金が科せられます。捜索費と処刑費、その上に、その家族の三年分の収入が押収されるんです。これが足枷代《あしかせ》わりという訳です。それでも、たまにあるんですからねえ。村長も管理責任を問われ、村長特例の期間延長を短縮するという、ペナルティを食らうんです。だから決してやらないで下さいよ。家族の方々も大変なんだから」苦々しい経験があるのだろう。上目遣いにチラッと睨み付け、警告し

た。

「朝六時と夜十時には自室にいることと、三食とも食料剤支給機で受け取ることを厳守して下さい。これらが存在証明という訳なんです。この確認が取れないと、不在者として捜索を行なうことになります。この捜索を一年以内に三回受けると、三回目の翌日が自動的に期日となってしまいます。だから詰まらないことで捜索を受けないように、注意しなければなりません。但し、その原因によっては、病気や介護の村へ送致される場合もあります。いわゆる老人ボケの場合など、時間に対する意識も薄れてますからね。けっこうよくあるんですよ」年寄りなんだから仕方がないという配慮など微塵《みじん》もなく、規則を冷厳に運営するという考えが支配しているのだ。彼は音を立てて勢いよくページを捲《めく》り、滑らかな口調で続けた。

「入村と同時に、世間での市民権は剥奪《はくだつ》されています。権利義務も存在さえも、一切が消去されているんです。家族の方が戸籍謄本などを取ると、あなたの名前は既に抹消済みで、その代わりに村のほうで登録されているんです。あなたは昨日から村の住人であり、全ては村の規則に則って行なわれ、それに従って頂くということなんです」毎日のようにやっている紋切り型の説明をするうちに、次第に職業意識と気力が回復してくるようだった。表面的な言葉遣いこそ丁寧だったが、その内容は、為政者が人々を隷従させる為に、圧し付けるものに相違なかった。村長は区切り毎に私の顔色を読み取ろうとしていたが、その努力は一度たりとも実を結ぶことなく、虚しく終わった。遂に彼は、何に向かって話しているのかさえ分からなくなったと見えて、その戸惑いと腹立ちを振り払うように、それでなくとも甲高い声を一段と張り上げた。

「村長は村民選挙によって選出され、人口省から任命された者です。選挙で選ばれても、人口省から不適格者と認められた者は任命されません。村長が指名した六人の書記がおり、一人が一階部分を、残り五人がそれぞれ二フロアずつを担当しています。昨日お世話をした土井さんは、二階と三階の担当です。その下に地区委員がおり、各階を東西に分けた地区割りにしてあるんです。茅野さんが所属する二階東地区は……、ちょっとお喋りでかなり太った山本さんですね。日常生活に関することは地区委員に、規則や事務処理に関することは書記にお尋ね下さい。我々はこれだけのスタッフで、先程から説明したいろいろな規則を、厳格につつがなく管理運営しているんですよ」ここで村長は貧相な胸をグイと突き出し、居丈高《いたけだか》に目を剥き、虚勢を張る小動物よろしく、偉そうに権威を露わにした。管理という名の権力を振りかざし、死刑執行人であることを自負し、〔老人村〕の存在目的に自ら尽力することを我が誇りとすると、宣言していた。それは、思わず吹き出しそうになる滑稽《こっけい》な仕種だったが、私はこらえて表情を崩さなかった。世間では、私は既に死んでいた。私は村の住人であり、二階東に所属している。村の管理体制下に置かれており、村の規則によって拘束され、取り扱われているのだった。まだ死んでなどいない、現にここに生きているんだと叫び出す人がいたとしても、何ひとつとして不思議ではなかった。項垂《うなだ》れ肩を落して虚脱し、既に死んだことを受け入れようとする者がいたとしても、それも頷けるだろう。私が無反応のために、村長は認知させることが出来たかどうか、自信が持てなかった。質問もせず、文句も言わず、拒絶も抵抗も落胆さえも表さず、我が身への不安すら感じさせない。まるで無関心なのっぺらぼうと対峙している、かのように思われたことだろう。暫しの沈黙ののち、彼は疑念を吹っ切るように、努力を続けようとした。

「ここには二十八棟のビルがあり、それぞれが村を形成しています。我々は一号棟なので、一号村という訳です。文字通り最初に建ったものなんですよ。村同士の往来は禁止されており、フェンスで区切られています。当初はなかったらしいんですが、いろんな事件があったようです。脱走や勝手な入れ替わりを防ぐ為なんだそうです。ビルは十一階建てで、一階に公共施設が集中してあり、十一階は夫婦専用フロア、二階から十階が単身男性用です。各階に二百人ずつ、合計二千人の住人がいることになります。毎日数名の変動がありますがね。もうこれくらいで止めておきましょう。あとは自分で読んでおいて下さい」説明を進めるうちに、何の為に話しているのか虚しくなってきたらしく、彼はパンフレットをテーブルに放り出し、口をつぐんだ。やがて、焦点が合わなくなった鈍い目付きを漂わせ、指先で目頭を押さえながら、

「そうそう、茅野さんの入村式を午後一時から講堂で行ないますから、必ず来て下さいよ」どうでもいいというふうに、力ない声音で付け加えた。彼にとって特別に気分の好い稀《まれ》な朝を、台無しにしてしまったのは明らかだった。

「よっこらしょ」彼は重い疲れを言葉に出して、両腕で身体を支えながら立ち上がると、事務室の土井を呼び入れた。やっと解放されるのだ、思わず知らず説明書を手に椅子から立ち、村長にお辞儀をして退室したように思う。

土井はそんな雰囲気にはお構いなく、通路に出るとすぐに西側を指差し、進む方向を無言で示した。彼が三歩運ぶ間に、私は四歩を必要とした。村長室のすぐ隣は医務室だった。空っぽの待合室を通り抜けると、診察室で医者と看護師が手持ち無沙汰に談笑していた。私達が入っていくと途端に、ピタッと会話を止めて振り向いた。患者は一人もなく、ここもがらんとしていた。

「開店休業ですよ。ホラ、閑古鳥《かんこどり》の声が聞こえるでしょう」ご覧なさいなというふうに広げた両腕を、だらりと力なく下げて、医者は自嘲の笑いに口許を歪めながら、土井に向かって言った。

「いつも通りということですね」土井の圧し殺すような低く呟く返答に、看護師がけたたましい笑い声を立てた。

「変だと思いませんか？　二千人もの老人がいるというのに、誰一人としてここに来やしない。世間じゃ考えられないでしょう」今度は私の方を向いて、まるで幼児をからかうように、医者が作り真顔で尋ねた。明らかに暇潰しの会話を望んでのことだった。とっさに、看護師が引き取って応えた。

「そんなこと、当たり前じゃないですか。ここで診察を受けて、その結果病気だと診断されたりしたら、病人村に移されて次の期日に処理ですからね。誰が来るもんですか。その病人村にしたって、治療なんぞろくにしないそうじゃありませんか。この先生はね、見学にやって来る新入者に、毎日同じ質問をしてるんです。嘘だと思うんなら、明日もこの時間に来てみたら分かりますよ」

「君の答えも毎日同じだね。二人揃って芸がないねえ」医者と看護師は互いに顔を見合わせて、さも愉快そうに笑い合った。土井は彼らを無視して進み、部屋続きのドアを開けた。

「ここが処理室です」珍しく土井が説明した。鼻を突く消毒液の匂い。窓側は五つのブースに区切られ、各々にベッドが設けられていたが、今は空だった。真白なシーツがピンと張られたこのベッドの上で、夥《おびただ》しい数の人々が処理されていったのだ。毎日、来る日も来る日も、そして今朝も。明朝の出番がくるまで、ベッドは静かに休んでいた。せめて、もがいた形跡がシーツの乱れとなって、生々しく残っていてほしいものだ。壁側には薬品を収納する戸棚と器具棚、それにカルテなどのキャビネットが並んでいた。土井はそれらに目をやることもなく、ただひたすらに次のドアを見詰めていた。

安置室だった。十人余りの人達が圧し黙ったまま、うつむき加減で椅子に腰掛けていた。誰一人、私達を見向きもしなかった。なかでも黒いベールを被った老婆が目を引いた。口をモゴモゴさせながら目をつぶり、膝の上で皺《しわ》くちゃの両手を合わせ、音も立てずに数珠《じゅず》を揉《も》んでいる。だだっ広く、ビルの西端まで占拠しているこの部屋に、私達の足音だけが響いた。窓際にはたっぷり間隔を空けてベッドが並べられ、四つの屍《しかばね》が横たわっている。それぞれの枕許には香が焚《た》かれ、匂いが部屋いっぱいに広がり充満していた。今朝処理されたばかりの人々なのだ。村長が言っていた、大人しく逝った人々。

一人はあの老婆の連れ合いに違いない。用無しの折り畳み椅子が、数多く壁に立て掛けられたままだった。腰掛けている人々とベッドの間を、土井は憚《はばか》ることなく靴音を立てながら、大股でどんどん進んで行った。西端には幅二メートル程の観音開きのドアが開けられ、おそらくここから死体を運び出すのだろう。西方浄土とでもいうつもりなのか。外には喪服姿の運搬人が二人、そのときが来るのを待っていた。

「今日は四つ。四つとも焼き上げてから、お骨で配達だってさ」

「まったく、薄情になってしまったもんだねえ。それでも家族かね、情けなくなるよ」

「好いじゃないか、便利で。本人さんは死んでしまって分からないんだし」影の声を背にしながら安置室を出、通路を横断し、北側に並ぶ部屋を順に見ていった。発電室、ポンプ室、シーツや毛布などの寝具類を収納している倉庫、石鹸やペーパー類の保管室、薬品庫、書庫などがあった。こぢんまりした厨房《ちゅうぼう》もあったが、使われている形跡は見受けられなかった。土井は全く何の説明もせず、ただ黙々と先に立って歩くだけだった。そういえば、処理室と言っただけで、ひと言も口を利いてはいない。ロビーに入り、北側の壁沿いに歩を進めていくと、電光掲示板があった。土井が立ち止まった。期日毎に名前を表す一覧表になっていて、一週間単位の表示が順送りに変えられていった。ここでも土井は黙ったまま、何も説明しようとはしなかった。暫らく眺めているうちに、来年の五月がやってきた。五月十六日・茅野正志、私だった。それは、おまえはこの日に殺されるのだ、と告げていた。

その瞬間、私はおどろおどろしい戦慄に襲われた。眩暈《めまい》のために輪郭がぼやけ、読み取れなくなった電光文字が、滲《にじ》んで広がった。キッと睨み付けていた気がする。

「チャンと載ってるでしょ」遠く離れた所から、土井の低い呟きが歪みくねりながら、微《かす》かに聞こえてきたようだった。視界は深い紫色に覆われ、黄色く波打っていた。私はこの場を逃れようとして、声のする方へと歩こうとしたのだが、次の瞬間には何故か椅子に座らされていた。倒れそうな程にふらついたのか、気を失ったのかもしれない。

「深呼吸をすると楽になりますよ。よくあることなんですから」死んだ魚の眼玉だけが、巨大に拡大されて目前に迫っていた。助言に従って、幾度となく深々と息をしてみたが、いっこうに気分は良くならなかった。彼はいつもの凍て付いた無表情の唇の端だけに、ニヤッと薄笑いを浮かべていたことだろう。私のすぐそばで、中腰に屈んだまま壁を指差し、追い討ちをかけるように、

「隣の掲示板には、今日の処理者と明日の処理予定者、それに今日の入村者が示されています。見えますか?」感情の欠片《かけら》もなく、機械的に訊いた。私の意識がまだ回復しておらず、殆《ほとん》ど聞ける状態にないことを承知しながら、

「三つ目の電光板は、告知事項やニュースが流れます。おやおや、昨日の脱走者が逮捕されたそうですよ。これらの表示は事務所で操作しているんです」こちらの状態を覗うことすらなく、一方的に続けた。私は顔を伏せたまま上げなかったが、見ようとしても出来なかっただろう。

「ここで止めましょう。ロビーの向こうには講堂があるだけで、どうせそこで終わりですから。講堂の使用規則は掲示してありますから、自分で読んで下さい。ロビーや通路の壁に貼られているポスターなども、特に自死奨励のやつはね」ボソボソと聞き取り難い声ではあるが、彼にしてはよく喋った。案内説明マニュアルにある必須事項は、完了したのだろう。

「立てますか?」私が少しよろけながらも、テーブルに手を突いて立ち上がると、土井は振り返ることなくそそくさと去って行った。取り残された私は、物を支えに伝い歩きで移動し、力尽きたように再びドサッと椅子に崩れ落ちた。目の前では電光文字が次々と流れ行き、目がそれに付いていけなかった。昨夜脱走を図った者が早朝に逮捕され、明朝処刑されるということのようだった。規則により、家族には三年分の収入没収と、処刑費及び捜索費が科せられるとあった。残された者達は、悲惨な生活を強いられることだろう。そのすぐ横には『あなたの勇気で、孫を幸せにしよう』と題された、大きいポスターが貼り出されていた。清々しく澄み渡る真っ青な空の下、広がる瑞々《みずみず》しい緑の丘で、健康で幸せそうな子供達が、楽し気に輪をなして遊んでいる絵が描かれ、その下には『自死の勧め』と大書され、その特典が書き並べられてあるのだった。私達が死ぬべき理由が、そこにあった。暫らくぼんやり眺めていると、いっそう気分が悪くなり、最早その場に居た堪れなくなった。私は腑抜けた酔っ払いのように、よろめく足取りで、自室へと引き揚げていった。まるで二日酔いのような頭痛と、眩暈《めまい》の渦巻きのただなかで、渡された自死薬を、指定された机の抽斗《ひきだし》ではなく、タンスの抽斗《ひきだし》の奥底、拳銃の横に潜り込ませることだけは、明晰な意識をもって行なった。指示通り机の抽斗《ひきだし》に入れれば、毎日それを目にしなければならないだろう。それは、たまらないことのように思われたからだった。

2. 望まれているもの

午後一時数分前に、私は講堂へ行った。ロビーの東端、講堂入口の幅広い木製扉には、『使用規則』の大きい貼り紙がされていた。何だかんだと小煩《うるさ》く書かれているようで、勿論、読む気になどなるはずもなかった。ここでも扉は自動で、苛立つ程にゆっくりと横に滑って開いた。老人の動作速度に合わせて、安全を考慮してのことなのだろう。収容人員に応じ、体育館として使うことも考えて設計されたのか、建物いっぱいの幅を使い、五十メートルくらいもの奥行があった。今日は天気がいいせいか、だだっ広い空間のなかに、人の姿は疎《まば》らだった。最も奥の一角に椅子が並べられ、二十人ばかりの人達が集まっていた。その方へと歩み寄って行く途中、背後から村長が忙《せわ》しない速足で追い越して行った。近付くと、村長と土井がなにやら立ち話をし、他の人々は椅子に座って雑談している様子だった。土井は私に気付いたが、先程のことなどなかったかのような、相変わらずの無表情だった。村長が私を手招き、二人並んで前に立つと、人々の視線がこちらに注がれた。なんとなく開けられている目、ただ瞼を開いているというだけの目、その光ない目の奥に蠢《うごめ》く力はない。血の気なく蒼白い皺《しわ》だらけの皮膚は、だらしなくなされるままの無気力を表している。僅かの重みしか椅子に加えていないその身体は、宙空をさ迷っているに等しい。脱け殻さながらの生気ない有様からは、これといった意志や関心は窺《うかが》われなかった。新入者に対する興味や集うこと自体を、目的とはしていないのだった。他人に対する無関心と、決して深入りしないよそよそしさ、空虚で厭世《えんせい》的な雰囲気さえ醸《かも》していた。ただなんとなくそこにいる、何故だか分からないままにいる、といった印象を受けた。この人達は、既に死んでいる、のではないのか。

「入村式を始めます」土井がハンドマイクで素っ気なく告げ、村長にそれを手渡した。

「村長の森田です。新入者の紹介に先立って、お知らせがあります。昨夜、脱走を企てた十九号村の犯人は、明け方に敷地内の山中で発見され、追跡犬に追い詰められて逮捕されました。犯人は今朝の処理予定者で、処理直前の恐怖心から、発作的に逃げ出したものでした。犯人は明朝処刑され、家族には規定の罰金が科せられます。ご家族にはお気の毒なことです。そもそも我々は子孫の繁栄の為に、ここにこうしている訳なのですから、このような不心得者を出してはなりません。今回の事件を機会として、我々の目的を今一度思い起こし、家族を不幸に陥《おとしい》れるこのような犯罪を、決してしてはなりません」力を込めた演説調で語ると、村長は一同の顔を念入りに見回した。軽い緊張と強い無力感を含む静寂が流れ、彼は効果の手応えを感じ取って話題を切り替えた。

「では、昨日入村された方を紹介します。二〇四〇号室の茅野正志さんです。村民税の支払いはなく、現在のところ期日は来年の五月十六日です」これだけ言うと、村長はマイクを私に差し出した。極めて興味深い紹介だった。意識の焦点をピンポイントで突き刺していた。それが総てであり、外には何もない。私がどんな人物であるかなど、露ほども問題ではなく、世間での経歴は既に抹消され、数のなかの一にしか過ぎず、処理がいつであるかということのみが関心事なのだ。私が間誤付《まごつ》いているのを見兼ねたのか、村長が耳許で囁《ささや》いた。

「好きなことを話したらいいんですよ、反逆以外ならね。喋りたくないなら、名前だけでも構わないんです」聴衆は少しずつ増えてきて、三十人くらいになり、後方には立ったままの人もいたが、やはりその目に輝くものは何もなかった。昼食の後、やることを持たぬ人々が、暇潰しに現れたのだろう。時間を潰すことで、人生をも潰してきた人。同類ではない。見世物に曝《さら》されてたまるものか、との思いが走った。

「茅野です」最も簡単な方法を選んで、村長にマイクを突き返した。たったそれだけか、普通はもっと何か喋るものだと言いた気に、彼は突き出されたマイクを渋々ながら受け取った。

「入村式を終わります」委細《いさい》構わず、土井は抑揚なく打ち切った。村長はいかにも不機嫌そうな面持ちを残して、短い脚を回転させて引き揚げて行った。

「じゃあ、歓迎会に移りましょうか」地区委員の山本が、折り畳み椅子を私に勧めながら、その場の雰囲気を和らげようと朗らかに言った。

「歓迎会といっても、ちょっとお喋りするだけなんです。以前はこの五倍ぐらいの人が集まって、実に賑《にぎ》やかだったんですけどねえ」私の横に腰を下ろしながら、気楽にやりましょうやといった調子で、屈託なく笑い掛けた。

「地区委員の山本です。宜しくお願いします。じゃあ、皮切りに僕から始めます。茅野さんはどちらから来られたんですか？」

「南部からです」

「趣味はありますか？」

「囲碁を少し」

「高尚な趣味ですね。ここでも打っている人達がいますけど、難しいんでしょう？」私は苦笑した。

山本の導きで、極ありきたりな質問と返答が繰り返されていった。しかし、家族に関することと世間での前歴に付いては、決して話題にしないことに、すぐさま気付いた。期日に付いても触れることはなく、暗黙の了解が横たわっているのだった。表向き和やかな時が流れているように繕われていたとき、もういてもたってもいられないというふうに、

「世間では、老人村制度を廃止する動きはありませんか？」聴衆の間から、不意に誰かが大声で持ち出した。禁断の果実だった。それまで柔和だった人々の表情が、この一瞬にサッと強張って引き締まり、ピンと張り詰める沈黙が支配した。救いを求める視線が私に釘付けされ、息を潜めて待ち構えら

れ、私はどう答えるべきなのか困惑した。というのも、その声にも人々の顔付きにも、あまりにもあからさまな期待が込められていたからだった。まるで、溺れる者がもがきながら、助けを求めて差し出す手。

「ここには新聞とかテレビなどはないんですか?」私のすぐそばで、やはりどんな返答なのか、耳をそばだてている山本に尋ねた。

「新聞、テレビ、ラジオ、ケイタイ、全て禁止されています。世間のことを知ると、里心が付きますからねえ。脱走や反逆の予防なんでしょう。情報といえば、村の発表と家族との面会や手紙、そしてこの歓迎会しかないんです。村の管理下にある情報は勿論信頼できないし、家族からのものは情に左右されますからね。この会がいちばん客観的で、しかも生の情報だという訳ですよ。だからいつも判で押したように、この質問が出るんです」頬と額の間に埋まるつぶらな目を向けて、彼は事情を解説した。蜘蛛《くも》の糸を求める、微《かす》かな救済の望みがジリジリと昂《たか》ぶるなかで、

「申し訳ありませんが、伝えるような情報は持っていません。私は新聞を読まないし、テレビも殆《ほとん》ど見ませんので……」足元に目を落として告白でもするかのように、ありのままを素直に答えることで、期待を裏切った。実際、私は日々流れ行く皮相《ひそう》を捩《ね》じ曲げて映し出す新聞を嫌悪し、薄っぺらで空虚な創りのテレビ番組に興味を惹かれなかった。落胆を露骨に表す溜息が、集団となってどっと湧き出た。肩を落とす者、ヒソヒソ話す者、席を立って去る者さえいた。彼らの関心はただこの一点にあった

のだった。一人の男が飛び上がるように立ち上がり、わなわなと震える大声で叫んだ。

「嘘をつくな！　新聞もテレビも見ない奴なんて、いる訳がないじゃないか。老人村廃止の希望がないから、嘘をついているんだ。廃止されないいんだ！」失望と焦燥が一挙に怒りへと転化し、凝縮し破裂したのだった。私は驚いて、張り叫ぶ男の顔を反射的に見上げた。剥き出したギョロ眼が血走って吊り上がり、げっそり削げ落ちた頬がヒクついていた。それは呪われた絶望に捩《ね》じ歪められ、引き裂かれる恐怖に打ち拉《ひし》がれ引き攣《つ》る顔だった。男は生き延びたいのだ。

「あの人は一週間後に処理されるんです」疑う余地もなく当然のことのように、山本が耳打ちした。気持ちは分からんでもないが、期日が迫ったからといってジタバタするのは見苦しい、と言いた気だった。周囲の人達はただ圧し黙っているばかりで、その男の顔を見ることもなく、慰めも宥《なだ》めもしなかった。男は孤独のまっただなかで、ひとり切りで死に向かって突っ走って行った。私は小さくなっていく陰惨な背中を追っていた。胸が張り裂ける思いだったことだろう。やがて見えなくなると、波風のあとの表面的な穏やかさが戻ってきていた。一陣の風に置き去られた者達は、乱を嫌い偽《いつわ》りの和合を好む、羊そのものだった。無事を願って何を為すでもなく、平穏のうちに淡々と死への旅路に就《つ》いていた。それは、既に、殆《ほとん》ど死んでいる、と言っても過言ではない。

「本当に何もニュースはないんですか？」美しい銀髪に手櫛《てぐし》を入れながら、臆病な小声が消え入りそうに、人影に隠れて念を押した。

「期待に沿えません」煩《うるさ》い蝿を追い払おうとするかのように、険しく断言した。それを合図に、最早用はないとばかりに、次々とみんなが席を立ち、離れ散って行った。山本はよく通る声でハッキリと閉会を宣告すると、

「期日が近付くと、恐怖に苛《さいな》まれて本性が出るんですよ。誰だって自分のことしか考えてないんです。斯《か》く言う僕だって、自信がある訳じゃないんですけどね。こんな幕切れで気を悪くせんで下さい」侘《わ》びとも言い訳ともつかない調子で言い、黙々と椅子を片付け始めた。

畜生《チクショウ》め！　どいつもこいつも死んでやがる。

第3部　うめき、蠢《うごめ》き

1．ふたつの出会い

雨を予感させる灰黒色の重い雲がどんよりと垂れ込める翌日の朝、微《かす》かな動きさえなく佇《たたず》んでいる空気のなかで、私は庭に出て花壇の花々を眺めていた。朝の点呼兼食事の後、概ね一時間ばかり庭で過ごすことを、日課にしようかと考えていた。それは意識の覚醒の為でもあり、物との接点にもなるだろう。大勢の人々で花壇の周辺は賑《にぎ》わっていた。早く起きる人達が、玄関が開くと同時に水をやり、今は花の手入れや草毟《むし》りに余念がなかった。花談議を咲かせながら、作業に勤《いそ》しむことを楽しんでいるのだった。お目に掛からなくなって久しい熊手《くまで》が、懐かしく思われた。秋には落ち葉の焚《た》き火を見られるのかもしれず、芋《いも》を焼いた昔の風景が脳裏を過《よ》ぎった。

「茅野さんですね、藤原といいます」背後から、張りのある伸びやかな声を掛けられた。振り向くと、長身で痩せ身の見知らぬ男がにこやかに見下ろしていた。

「覚えてないんですね。一昨日の夕方、声を掛けたんですよ。あの辺りの芝生でうたた寝していたでしょう」指差しながら言われて思い出したが、この男だったかどうかは判然としなかった。気さくな語り口で、会話の糸口にはなっていた。

「ベンチに掛けて少し話しませんか」ちょうど煙草を吸いたかったので、やんわりとした誘いにのって、彼の歩調に合わせてゆっくりと並んで歩いた。今日は日光の直射がないせいか、殆《ほとん》どのベンチが空いていた。彼は上半身をこちらに向けて、斜めに浅く腰掛けるとすぐに、

「今日で三日目ですね。ここの印象はどうですか?」作った微笑みとともに問い掛けてきた。藤原は〔村〕では数少ない、ふさふさした豊かな黒髪の持ち主で、キチンと左右に分けて櫛《くし》を入れ、髭《ひげ》も綺麗に剃《そ》っていた。いかにも健康そうに日焼けした逞《たくま》しそうな顔付きが若々しく、駄肉も弛《ゆる》みもないスッキリした頬と尖った顎《あご》が、顔全体の輪郭を引き締めていた。狭い額の下には互いに近寄り気味の茶色っぽい目が明るく、朴訥《ぼくとつ》とした正直さを隠さなかった。向こう意気の強そうな筋の通った突き出る高い鼻と、さも強情そうな分厚い唇。剃《そ》り落したかのように薄い眉が、黒々と豊かな髪にそぐわなかった。じっと鋭く目を寄せて相手を注視し、ほんの僅かの徴候も見逃してはならじと、細心の注意を払って用心深く身構えていた。

「まだよく分かりませんね」煙草に火を付けながら曖昧《あいまい》に応えた。意外な答えだったとみえて、藤原は不満そうにたたみかけてきた。

「村長から説明を受けたり、書記が案内したりしたでしょう。入村式と歓迎会も」

「ええ」

「何か感じたんじゃないですか?」誘導尋問だった。なんらかの意図的な狙いを持って近付いて来たことが窺《うかが》われた。なにものなのかを見極めるまでは、迂闊《うかつ》に喋る訳にはいかないぞと、胸の中で言い聞かせていた。

「いや、特には何も」鈍い振りで求められている反応を出さず、困らせて様子を見ることにした。藤原は相手に気を取られるあまり、自身の防御が甘くなり、きっかけを求めてまんまと焦り始めた。

「そういう人は初めてですよ。金と期日の説明を聞いたでしょ。自死薬を渡されたでしょう。処理室も見ましたよね。それに掲示板の宣告も」これでも何も感じないのか、とばかりに枚挙した。抑制しようと努めてはいるのだが、感じないものは人間ではないという憤《いきどお》りが、歯の隙間からほとばしり出ていた。彼は見掛けが若々しいだけでなく、実際に若かった。その語気に押されたように装って、

「まあ、世間とは違うな、ということくらいですか」嫌々ながら無理に合わせるというふうに応えた。逆スパイもあり得るからな、表裏が同時に脳裏を駆け巡った。のらりくらりとした受け応えに焦燥を募らせ、

「茅野さん、あなたは今日から数えて三百六十四日目に処理されるんですよ。殺されるんです。それでもいいんですか?」彼は正体を露骨に曝《さら》け出した。が、その反対側なのかもしれなかった。老人村

制度を破壊しようとする集団があることは、聞き及んでいた。藤原はその手先なのかもしれないし、逆なのかもしれない。いずれにしても彼が大根役者であることは明らかで、もし破壊集団の一員なら、その若さ故に早々と逮捕されることだろう。

「殺される、ねえ。殺される、か」私は故意に小さく二度重ねて呟き、彼に失敗と危険を知らせると、ゆっくりとベンチから離れ、再び花壇の前で花に見入った。彼が察知したかどうかは判らなかったが、背後に忙《せわ》しなく立ち去る足音を聞いた。

その日は昼前から小雨が落ち始め、午後には本降りになっていた。風を伴わない、スコールのような激しさで、大きい雨粒が地面に垂直に激突して砕け散った。部屋の窓には雨垂れが伝い落ちたが、風がないせいか裏山が接近しているためか、雨が直接窓を叩くことはなかった。残念なことに、もうひとつの日課にしようと思っていた午後の散歩が出来なかった。村を一周するといっても、せいぜい五百メートルに過ぎないのだが、身体を動かす刺激くらいにはなるだろう。それより何より、あの切り株に腰を降ろして煙草を燻《くゆ》らせながら、瞑想するなり本を読むなりしたかった。雨が上がっていたら、明日は必ずそうしよう。まだ夕刻には早過ぎるというのに、薄暗い部屋の中では、明かりなしでは本が読めなかった。誰かがドアを素早く三回ノックした。初めての来客かなと思いながら開けると、「フランス語の辞書を持ってませんか？」出し抜けの焦り慌《あわ》てた声。伸び放題の白い髭《ひげ》の間から、舌を嚙みそうな早口で訊いた。何かに急《せ》き立てられ、血相を変え、たった今この瞬間に、何がなんでも必要なのだといわんばかりに、挑みかかってくる調子だった。死人のように血の気ない蒼白の皮膚、仙人を想起させる白く長い乱れ髪を荒々しく掻《か》き上げた。右目の射抜くような真っ黒の瞳と対照的に、左のそれは白濁した膜に覆われていた。きっと何かの病に侵されているのだろう。私がタンスの扉を開け、屈み込んで辞書を取り出す間に、彼は興奮に駆られて部屋に入り込み、音もなくドアが締まった。差し出すと鷲掴《わしづか》みにひったくり、時を移さずその場で乱暴にページを捲《めく》る。食い入るように一心不乱に貪《むさぼ》り読み、目をつぶって天を仰いだ。やはり病なのだろう。ややあって、腹の奥底から深い溜息を吐き出し、力なく辞書を私に引き渡すと、肩を落とし重い身体を引き摺りながら、無言のまま立ち去ってしまった。あまりにも激しい落胆だった。一連の暴挙と悲愴な眼差しが、端的に絶望を示唆《しさ》していた。

ロビーの窓際で、雨模様に沈む庭を眺めながら、一人夕食を舐《な》めていると、「ここは空いてますか?」低い声で尋ねる人がいた。見上げると、驚いたことに先程の白髭《ひげ》だった。私の不思議そうな小さな首肯《しゅこう》を見定めてから、彼は音も立てず席に着いた。「さっきは失礼しました」どうしたことか、まったく打って変わっていた。落ち着いた柔らかい物腰、常識的で丁寧な挨拶、涼し気で穏やかな目付き。微笑さえも浮かべている。まるで別人であるかのように、あらゆる点で合致するものがなかった。私が返事もせず、まじまじと見詰めているばかりなのに対して、

「よっぽど驚かせてしまったみたいだな。でもまだ狂っちゃいませんからね。ハアッハアッハッ」右の掌をこちらに向けて、顔の前で大きく横に振って否定し、さも愉快そうに豪傑笑いをして見せた。

「いえ、今のあなたに驚いたんです」彼はピタッと笑い止んだ。口髭《ひげ》を小刻みに何度も撫で付け、大きく波打つ長い髪に五本の指を突っ込んで、力強く乱暴に二度梳《す》いた。夢から覚めたように、あるいは覚める為に必要であるかのように、

「佐々木隆雄、七十四歳、九一九八号室、残り百七十七日」記録を読み上げる自己紹介をした。

「茅野です」

「期日迄は？」

「三百六十四日のようですね」その瞬間、佐々木は厳しく見透かす眼差しを投げ掛けたが、話題には取り上げなかった。

「さっきはどうしても解かりたい言葉があってね、酷《ひど》く取り乱していたんですよ。ドイツ語の辞書は持っているんだが、フランス語は要らないと思っていたんでね」口髭《ひげ》を歪めて皮肉っぽく微笑んだようだった。

「どうして私の所へ？」

「今日の入村者から順に遡《さかのぼ》っていったんだよ。長くいる連中のなかには、それらしい人物はいないからね。最近入って来た人ならもしやと思って。運良く早々に探り当てたという訳でね」彼は顎鬚《あごひげ》をい

じくり続けていた。

「君は何故、フランス語の辞書を持っているんですか?」ところでというふうに、上体を反らせながら覗き見る目付きで尋ねた。もしかしたら自分と同類ではないか、とでも考えたのかもしれない。私が応えないでいると、鬚と戯《たわむ》れていた指が止まった。

「いや、他意はないんです。他意は」彼は慌《あわ》てて取り消そうとした。私が不機嫌そうな拒否する顔付きだったのか、彼は取り繕うように急いで話題を変え、

「僕はここでは学者と渾名《あだな》されていてね、みんなそう呼ぶんですよ。管理側の者だけです、僕を名前で呼ぶのは」軽く笑い飛ばした。

「なんで学者なんですか?」

「そういえば何故なんでしょうね。取り立てて考えてもみなかったな。多分、小難しそうな本を読んでいるからでしょう」まんざらでもないというふうにニヤニヤしながら、眼前にふらつく前髪を払い除けた。あの絶望の病はいったい何処へ消え去ったのだろう、とさえ疑われた。雹《ひょう》にも似た雨が、壁ガラスを斜めに殴り付けては砕け、閃光が走ると同時に、落雷音と振動が伝わってきた。非連続的に光と音が闇のなかで交錯し、風に煽《あお》られた雨足が潮のように寄せて引いた。人里離れて孤立した山間《やまあい》の谷底にも、差別なく振る舞われる容赦ない自然現象が、心地好かった。惜しむらくは、人々が建物に閉じ込められ、窒息していることだった。

「もし君が嫌でなかったら、一度僕の部屋に来て下さい」ガラスに映る私に向かって、佐々木は親しみを込めて誘った。稲妻が暗闇に亀裂を走らせた。

「気が向いたら伺います」拒絶と受け止めたか、あるいはいずれ来るだろうと思ったか、四秒後に雷鳴が轟いたとき、既に彼の姿はなかった。

2. 愚劣な生活者たち

裏の切り株はとても座り心地が好く、たちまち愛用の椅子になってしまった。それは直径が六十センチ程もあり、年輪がびっしりと木目細かに刻まれていた。多分この〔村〕が出来るまでは、うっそうと繁る森のただなかで、太陽とは縁薄く耐えて生き延びてきたのだろう。今では裏山にさしかかる斜面の麓《ふもと》に位置しており、断面はほぼ水平で、腰掛けるとちょうど上手い具合に足が地面に着いた。それにも増して嬉しいのは、何といっても人が来ないということだった。思索に耽るにしても、読書をするにも、打って付けなのだ。その上ありがたいことに、昼には日陰になってくれるので、これならこれからの夏場でも使えるなと思われた。難点といえば、時折虫が飛び交い、蜂を避けたり何かに刺されたりするくらいのことだった。思いの外この上ない環境条件が整った穴場に出会い、自分の居場所として、充実した時間を積み重ねられそうだった。私は毎日その時間を見計らい、そのときが生活の中心になっていった。夜は夜で庭に出て、林の辺りをブラブラとほっつき歩くことにした。芝生に腰を下ろし、ときにはゴロ寝をして、微《かす》かな夜風に当たりながら煙草を吸うのが、習慣になり始めていた。これら全てに共通しているのは、建物の中に、特に部屋の中に閉じ込められていたくないという拒否だった。自由を求め、檻《おり》の中の獣や籠《かご》の鳥のように、惨《みじ》めにはありたくない。たとえ釈迦の掌から脱出出来ないにしても、自ら羊になり下がりたくはなかった。だから余計に、雨の日には情けなくも怨めしい思いが募った。小雨なら傘や帽子で抵抗したが、強い雨には逆らえず、手痛い敗北を喫して舌打ちした。そういうときには人々のなかに身を置き、虚脱感を抱いたまま、ロビーで碁を打つことに専念するのだった。こうして入村以来一週間足らずの間に、私は生活のパターンを創り上げていた。

ある朝、色とりどりの花が咲き誇る花壇で、見たこともない暗紫色のチューリップを眺めていた。

「花がお好きのようですね」音もなく近寄って、屈み込んでいる私に合わせて腰を折り、さり気なく静かに声を掛ける人がいた。私は黙ったまま、花から目を離さなかった。

「世話をした花が、綺麗に咲いてくれると嬉しいもんですよ。よろしかったら、私達の仲間に入りませんか?」どうやら、花壇の手入れなどをしているメンバーのようだった。やはり無言のまま見詰め続けていると、彼は横顔に追い打ちをかけてきた。

「最近来られたんでしょう？　他に何か趣味をお持ちですか？　ここでは何か楽しみを持たないとね。

それがいちばん必要なことなんですよ。所詮、その日を待つ身なんですから。どうせなら、楽しまなくっちゃね」私がしかめっ面をしたのかもしれない。

「思い悩んで苦しむのも、楽しく過ごすのも、結果は同じでしょう。その日が来ることには変わりないんですから。それなら楽しまないという手はないと思いますね。それに何もしないと一日が長過ぎて、やり切れないですよ。その日が来るのは早いくせにね」彼は分かったようなことを言い、付き纏《まと》う蝿のように能弁だった。既に自分の言葉に酔っているのだろう。聴衆を無視する、いかにも得意気な演説。岩に向かって語るべき自己満足が、繰り広げられていた。

「花の仲間はみんな、許された楽しみを大いに享受して、残された日々を少しでも明るく過ごそうと心得ている人ばかりなんですよ。ほらご覧になって下さい。皆さんテキパキと作業していて、朗らかで活気があるでしょう。住めば都といいますが、やっぱり自分から進んで努力しないとね。囚人のように部屋に籠《こも》りっ切りで、精神的な病気になる人が大勢いますが、この仲間にはそんな人は一人たりともいませんよ」おぞましくも誇らしく断言した。終末を言い訳にして、恥知らずにも核心からの卑怯な逃避を抜け抜けと行ない、大手を振って快楽に身を焦がす堕落が、蔓延《はびこ》っていた。その欺瞞に満ち満ちた、鼻持ちならぬ自己正当化が、我慢ならなかった。私は相手の顔に一瞥《いちべつ》をくれてやることすらなく、

「逃げ惑うことが最も重要なくらい、期日に囚われていたいんですね。楽しみを至上のものとして、

ただやり過ごすことに汲々と時間を潰す訳なんですね。しかもそれは、許容された範囲内の楽しみにしか過ぎないのに」静かな嫌悪を込めて判定を下した。独演会を中断され軽蔑された彼は、たじろいで固く身を強張らせた。

「時間潰しだということは分かっているんです。確かに、その日の恐怖から逃げているだけなのかもしれません。でも、楽しむということ自体、悪いことじゃないでしょう」おそらくは、世間にいたときにもそうしてきたのだろう。彼の人生は時間潰しの楽しみだったのだ。哀れなことに、この人生は始まることさえなく、終わっているのだった。もう聞きたくもなかったし、話したくもなかった。

「本当にそう思うなら、そうすればいいでしょう。あなたのことなんだから」取るに足らぬといった私の態度が、気に食わなかったのだろう。彼は食ってかかる口調で開き直った。

「外にどうしたらいいと言うんですか？」既に脳細胞を習慣に侵され尽くしていて、新たな発想はおろか反省さえも不可能なのだ。目的もないまま、方法に飛び付こうとしていた。

「自分で創り出すものですよ。せめて、人に堕落を勧めたりしないことですね」この種の人には、何を言っても無駄であることを承知しながら、口を開いた自分を恥じて打ち切った。急に立ち上がった眩暈《めまい》と闘いながら、痺《しび》れた脚をベンチまで引き摺り、どっかり座り込んで煙草を吸った。

畜生《チクショウ》め！　ないも同然の人生。楽しみと心中しているこの男の、顔も名も知らない。

その日の昼前、週に一度の寝具交換があった。放送が流れ、作業する有志を募っていた。意外に多くの人々が二階ロビーに集まっており、事に取り組む意気込みにざわめき立っていた。まず各部屋から出されたシーツなどを集めて種類別に纏《まと》め、エレベーターで上がって来た新しい物を受け取って、代わりに使い汚した物を乗せるのだった。次いで、消毒洗剤の匂いがほんのり残るシーツ・布団カバー・枕カバーをセットにし、各部屋へと運んで行く。山本と西地区委員が作業指示とリストのチェックに当たり、私達はうっすら汗を滲《にじ》ませながら、埃《ほこり》っぽい布の山と格闘した。

「初めてなんでしょう。けっこういい運動になるでしょう」配る為に台車を押していたとき、一緒に作業していた人が話し掛けてきた。

「そうですね」私は反射的に相槌《あいづち》を打っていた。息が上がりそうになりながら、〔村〕に来て初めて汗らしい汗をかいたなと、思っていた矢先だった。

「僕はいつも、これをやることにしてるんです。身体を動かすと、そのときは辛くても、終わったあとは、清々しくて、気持ち好いです、からね」彼は弾む息の合間から、呼吸の調子に合わせて、途切れ途切れに喋った。

「茅野さんは、運動をしないんですか?」何故か私の名前を知っていた。私が怪訝《けげん》そうな顔付きをしたのだろうか、

「いえね、お見掛けしないから」すぐさま言い訳めいた付け加えを補った。運動する人達が庭で速足に汗したり、講堂でダンスや卓球に興じたりしていることは知っていた。雨の日には、講堂が人で溢

れ返ることも珍しくはなかった。

「ええ、しませんね」

「僕はここに来てから、速足を始めたんです。たっぷり汗をかきながら、二時間ばかり歩き続けるんです。お蔭で気分は爽快だし、よく眠れるようになりましたよ。肥満も随分とマシになりましたしね。今では、速足しないと調子が狂ってしまうくらいなんです。だから雨の日は嫌でね。講堂でやるんですけど、やっぱり外とは気分が違いますからね」彼は日焼けした健康そうな顔に、朗らかな笑みを浮かべて続けた。

「運動はいいですよ、茅野さんは何故やらないんですか?」彼にとっては極当たり前の質問だったのだろうが、私には気持ちの悪い不協和音の旋律に聞こえた。

「何の為にやるんですか?」逆に訊いてみた。嘗《かつ》て受けたこともない質問に、彼はエッと驚いた表情になり、あたふたと戸惑いながら、今まで思ってみたこともないことを考えてから、

「最後まで健康でいたいんです。病み呆けるのはたまりませんから」取って付けたように答えた。彼は上手く切り抜けたとばかりに、目を輝かし頬を緩ませた。ここにもいた。自覚もないまま何かをすることに逃避し、意識を遠ざけ、忘れ去り、浸り切る者が。無自覚であるが故の無邪気さを美徳とし、健全であることを尊ぶ連中の一人なのだ。それらを何の為に使うのかも知らぬまま、その目的もないくせに。眩暈《めまい》に襲われた。あの掲示板を見たときのように。希薄な空気がもたらしたのだろう。私は

全ての過程を飛び越し、徒労でしかない説明も省いて、結論だけを端的に吐き出した。

「じゃあ、せいぜい健康に死ぬんですね」瞬《また》く間に彼の顔に驚愕《きょうがく》が走り、怪しいものでも見る訝《いぶか》し気な目が、私を狂っていると断定していた。予《あらかじ》め自分は正常だと肯定し、自分とは異なる者が狂っているのだ、と決定付ける傲慢《ごうまん》な思い上がりが、刃《やいば》をちらつかせたのだった。その後は黙々と作業に打ち込み、心地好い肉体疲労が意識を刺激してくれた。

畜生《チクショウ》め！　あってもなくても、どうでもいい人生。この男とは二度と話すことがないだろう。

夕食のとき、通り雨が降り始めたせいか人が多く、いつもの席が塞がっていた。空席を探しながら歩いていると、

「ここが空いてるよ」と声を掛ける人がいた。そのテーブルには既に三人が座っていて、ひとつだけが空いていた。軽く会釈をして、私は腰を下ろした。と、すぐに、

「ブリッジをやりませんか。トランプですよ。メンバーが足らなくなってね。ずっと四人でやってたんだけど、今朝一人処理されちまって。やっぱり三人より四人のほうが面白いんで、誰かいないか捜してたとこなんだ」誘いをかけてきた。ブリッジは知っていたが、この手の仲間には入りたくなかった。

「トランプはやらないんで」と断り、うつむき加減に食料剤を舐《な》め始めた。彼はおどけるように肩をすぼめ、あとの二人は不機嫌そうに顔をしかめていた。やり過ごすべき時間に耐えられず、彼等は身

を持て余していた。

「誰か一人ぐらい、いそうなもんだがなあ」

「それにしても退屈だなぁ。あーあ」

「そもそも、こんな村を作ったのが間違いなんだ。我々を豚みたいに扱いやがって。たった七粒の飯《めし》なんか、一秒と持ちゃあしない」

「税金と年金をガッポリ取っておきながら、いざ払う段になったら破綻《はたん》だなんて、詐欺じゃねえか」

「払わないだけならまだしも、こんな所に強制収容した挙句に、始末しやがるんだからな」

「今更そんなこと言ったって、仕方ないじゃないか。何が出来る訳でもないんだし」

「あんたは腹が立たないのかい。せめて払った分ぐらい返せって言うんだよ」

「地球の環境を破壊したんだって、国と大企業のせいじゃないか。そのツケを、なんで押し付けられなきゃならないんだ」

「そんなこと、昔から決まってるじゃないか。いいものは金持ちと権力者どもがかっさらっていって、残ったろくでもないものは我々平民に負わせるのさ」

「まったく、とんでもない時代に生まれたもんだ。裕福な老人を面倒見てやり、若い連中を生き延びさせてやって、それを担《にな》ってきた俺達はこの様《ざま》なんだからなあ」

「その平民のささやかな楽しみまでままならないや、チェッ」娯楽を奪われた不満と苛立ちから、怒りの鉾先《ほこさき》は国や時代に向けられていた。悪いのは常に他人であり、時代や環境や条件のせいだった。我が身に対する反省などさらさらなく、従って自己責任などという言葉すらなかった。いたずらに自ら己をないがしろにし、無為の淵へと堕《だ》している人々なのだ。彼らは一日中ロビーに居浸り、トランプに打ち興じてきたのだ。花壇にも運動にも無関係で、言うまでもなく、共同作業に参加するはずもない。単なる不満分子の正体は、決して主体にはならない、ということにあった。人間というひとつの言葉で括《くく》るには、あまりにも希薄で空疎な、縁遠い在り様《よう》だろう。

畜生《チクショウ》め！　またまた人間のなり損ない。人生は、人間が生きる、と書く。そもそも人間でなければ、人生などありはしない。この男達は二度と見たくない。

舐《な》めていた錠剤を飲み下して席を立ち、玄関まで行ってみると、雨はほぼ上がっており、疎《まば》らではあったが、庭に人影が見受けられた。いったん部屋に戻り、帽子を頭に乗せてタオルを持ち、いつものようにベンチで食後の煙草を燻《くゆ》らせた。哀しくも愚かしい人々の姿が走馬燈のように浮かび巡り、その穢《けが》れを洗い清めて払拭《ふっしょく》したい思いに駆られていた。暗闇のなかを誰かが慌《あわただ》しく近付き、挨拶もなく身を投げ出すように横に座った。藤原だった。ズボンのポケットから、小さく折り畳んだ紙片を取り出して丁寧に広げると、

「茅野さん、あなたは大変な方だったんですね。どうして仰《おっしゃ》ってくれなかったんですか。この前お会いして気になったもんだから、調べさせてもらったんですよ。ビックリしましたよ。若い頃は学生運

動の闘士で、当時その大学で最大の無派閥グループにあって、思想面の柱として、中心的な人物だったんですね。あなたもよくご存知の、ある派閥幹部のコメントによると、茅野がいたために無派閥を抱き込めなかった、とあります。その上、先頃の第二次老人暴動の際には、東京にある全国組織の中枢で、活躍されたそうじゃないですか。老人達の命を賭《と》した闘いに、思想的優位性を付与する為に尽力した、となっています。その後の政治裁判開設の急先鋒で、裁判の基本方針を確立する為、思想基盤を確固たるものとした、ということですよね。遡《さかのぼ》って政治屋どもの責任追及をすること、政治犯罪の定義付けから有罪へ、そして私財没収へと向かう一連の動き、その背後にあなたがいたんですね。いやぁ、調査結果を見て本当に驚きましたよ、僕なんか足元にも及ばない駆け出しなんだから」堰《せき》を切ったように一方的に捲《まく》し立て、メモをもと通りに折り畳んでポケットに捩《ね》じ込む間も、私に視線を釘付けたままだった。林の薄暗がりのなかで、ビルの明かりを反射させた眼を煌《きら》めかせ、その興奮を隠そうともしなかった。

「そんな茅野さんに、今更社会的責任だの理想社会実現だのと、言うつもりはありません。釈迦《しゃか》に説法でしょうからね。でも、何故教えてくれなかったんですか?」彼は気付いていなかった。私の警告、危険に対して無頓着過ぎることに。

「キミがアブナイから」今度はあからさまに注意した。藤原は身体を退け反らし、ベンチの背にもたせ掛け、再び身を乗り出してから、怪訝《けげん》そうな口振りで訊き返してきた。

「何が危ないんですか?」彼は必要な感覚を持ち合わせてはいなかった。こうしたことに関わるには、あまりにも素朴でうぶなのだ。現れたことの表面しか見えず、その裏に潜むものに意識を馳せることが出来ない面々の一人だった。この人に解からせることは不可能だと知りながら、

「手を引くんですね。勇気があるなら」為すべきことは、やっておきたかった。予想される結末が、遠からずやって来るに違いないだろうから。

「どうしてそんなことを言うんですか。それも、茅野さんのような立派な闘士が」厚い唇を震わせて、憤《いきどお》りを出すまいと子供みたいに我慢していた。いわれもない言いがかりに、当然ながら、大いに反感を抱いていたのだった。

私は、その昔、後味悪く引き摺った、学生時代の一場面を思い出していた。社会の矛盾を容認することも忘れることも出来ない、正義感だけで突っ走っている純朴な学生が、私と話をしたいと、人を介して訪ねて来た。私に勝るとも劣らぬみすぼらしい出立《いで》ちで、見るからにろくすっぽ食べていない。その貧弱な姿とは裏腹に、一点の翳《かげ》りなく爛々と輝く瞳が、際立って素晴らしい。彼にとって闘いの目的は、実現すべき社会正義であり、自分は全てを賭けて、その直中《ただなか》に在りたいと望んでいた。他方で、つい先日夫を亡くしたばかりの母親は病み勝ちで、早急に帰郷するようにと促していた。雪深く貧しい土の寒村で、しかも男手のない農家の女達の辛さを、彼は痛い程よく分かっていた。妹は妹で、進みつつある縁談に障《さわ》るから、闘争を止めてほしいと懇願してきていた。彼はそれらと板挟みになっ

て、悩んでいるのだと打ち明けた。寒風が吹き抜ける掘っ建て小屋に住み、寒さとひもじさに凍える母と妹を想い、捨てられない、と彼は泣いた。私は幾つかの根本的な質問をした上で、べきことや希《ねが》いは虚《きょ》であること、挟まれるのは意志の力がない証明であること、意志なき者は邪魔にしかならないことを説き、ねばならないことなど一切なく、全ては自由だと付け加えた。六時間程に及ぶ断続的な会話と、重く長い最後の沈黙ののち、田舎《いなか》に帰って百姓になる、と言い残し、彼は力なく項垂《うなだ》れ肩を落して去って行った。打ち拉《ひし》がれたあの無念なうしろ姿を、忘れることは出来ない。

糞っ垂れ《クソッタレ》！　失敗の人生め。生きようとして生き損ない、自ら人生を放棄するというのか！　人間に生まれ、生き続ける以上、賭けから下りることは出来ないというのに。

「なにしろ、自分がいったいなにものなのか、よく考えてみることですね」最大級の助言をしたつもりだが、藤原には耳から耳へと筒抜ける言葉に過ぎなかったことだろう。彼の背中を見たくはなかったので、私は自分からその場を離れた。

3・狂いの人々

朝の散歩から戻ると、部屋の前で山本がうろついていて、どうやら私を待っている様子だった。私の姿を認めると、嬉しそうに微笑みながら足早に近付いて来た。

「ちょっとお願いがあって……」躊躇《とまど》いがちに小声で囁《ささや》いた。部屋に招き入れて椅子を勧め、私はベッドに腰を下ろした。山本は立ったままうつむき加減でもじもじしながら、切り出す勇気のなさに困惑しているようだった。私は見守りながら、まんじりともせず待った。暫らくの逡巡《しゅんじゅん》ののち、彼は肉付きのいい頬に挟まれたおちょぼ口を開いた。

「僕の仕事なんで、お恥ずかしくてお願いし難いんですが……、ある人の状態を一緒に見て頂けないかと思って……。実は、今朝の食事を取らなかったもんだから、不在者としてさっき捜索を受けたんです。部屋にいたのでその場は収まったんですが、どうも様子が怪しいんですよ。病気じゃないかと……。これで昨日今日と立て続けに二回なんで、もし次があると処理になってしまいます。出来ればそれは避けたいんですよ。それに何はともあれ、僕は昼までに報告書を書かなくちゃならないんです。茅野さんは人を見る目がありそうだから、ひとつ甘えてみようかと……。お願い出来ませんか？」気恥ずかしそうに言い澱みながらも、最後まで話し通した。

「いいですよ、私で役に立つなら」いたって気軽な調子で応え、彼の心配をあっさりと覆《くつがえ》した。

「本当にいいんですか？」断られるのではないかと、危惧していたのだろう。予期に反する快諾だったとみえて、幾らかの驚きをもって、まじまじと見詰め返していた。

「ええ、いいですよ」

「じゃあ早速ですが」言いながら勢い込んでドアに向かい、私はそのあとに随って行った。山本がノックした部屋は、私と同じ並びにあった。中からは何の応答もなく、ドアが開けられることもなかった。彼は私の方を向いて、反応がないでしょう、と認知を求める目付きをし、胸ポケットからカードを取り出すと、

「マスターを預かっているんですよ。こういう場合は特別でね」と説明しながらドアを開けた。部屋の中は闇で、開けた入口から差し込む明かりだけが頼りだった。次第に慣れてくる目を凝らして見回すと、奥の隅、ベッドの上にうずくまる影があった。立てた両膝を抱きかかえ、その膝の間に顔を埋め込んで、背を小さく丸めて閉じ籠《こも》っていた。いかにも気力なく頼りな気で、呼吸をしているのかさえ定かでなかった。まるでそのまま身体を壁に塗り込めて、消え入ることを望んででもいるかのように、密やかにも微《かす》かに命を繋《つな》いでいるのだった。

「鈴木さん、鈴木さん……」山本は彼に声を掛け、暫らく忍耐強くじっと待ってから、

「いつもこうなんですよ。話し掛けても、返事ひとつしないどころか、反応さえないんです。それでも昨日の昼食までは、食料を受け取りに出て来ていたんですがねえ」困ったもんだというふうに訴えた。私達が部屋に入ったときも、確かに彼は微動だにしなかったようだった。侵入者に対する動物的な保身機能すら、失っているのだろう。

「老人性鬱《うつ》病じゃないかって言うんですけど、そうなんでしょうか？　もしそうなら、そうと書かなければならないんですよ。三度目の不在となるとすぐ翌日に処理だし、病気だとなると病人村へ移動

して、次の期日に処理でしょ。鈴木さんは一括支払い済みなので、まだ三年も残っているんです。不在にさえならなければいいんですが、この様子ではねえ……」山本は迷いに迷い、報告したくない内容の最終判断を、私に委ねていたのだった。それには応えず、私は静かに鈴木に近付いていった。鼻を抓みたくなるほど、彼は酷《ひど》い異臭を放っていた。おそらくは幾らか糞尿を垂れているのだろうし、疑いなくかなり長い間風呂に入らず、着替えてもいないのだろう。髪に触れてもピクとも動かず、それはねっとりと汚れて絡み合っていた。削げ落ちた両頬を挟んで顔を上げさせると、微塵《みじん》も抵抗せず、為されるままだった。昼寝を破られたカバにも似て、とてつもなく重そうな瞼を、ほんの僅かにノロリと擦《ず》り上げた。頭蓋骨の形も露わに窪んだ眼窩《がんか》から、どんより濁った焦点のない眼球がのぞいた。気だるくただ開かれているだけのその半眼は、決して何をも見てはいなかった。それは麻薬中毒か睡眠薬服用を連想させた。だらしなくだらりと垂れ下がった唇の端から、涎《よだれ》がドロリと顎《あご》へと伝わっていった。手を離すと、頭は重力のままにガックリと落ち、再び両膝の間に収まった。ベッドのあちこちには、食料剤が入ったままの袋が幾つも散らばっていた。取りに行きはしたものの食べることなく、ひたすらこの姿勢を続けていたのは明白だった。彼は力なさに全てを支配され、意思も感情もなく、あらゆることがどうでもいいのだ。

「どんな具合ですか？」心配そうに肩越しに覗き込んでいた山本が、おずおずと囁《ささや》くように尋ねた。

「私は医者ではないからハッキリとは判りませんが、放置する訳にはいかないでしょうね」答えると、山本は一瞬たりとも長くそこにいたくないとばかりに、私の袖を掴んで逃げるように外に出た。無言のまま急ぎ足で私の部屋に戻るとすぐに、

「病気だと報告しない訳にはいきませんよね？」自分のせいではないと言いた気に、結論を求めてきた。

「随分衰弱しているようだから、先ずは医者に頼んで、水分と栄養を与えることが必要でしょう。精神的な問題はそれからですね」

「そうですね。今から医者に診てもらって、診断は医者に任せるとしましょう。僕は病気の判断はしない。うん、それがいいですね」山本は合点《がってん》がいったとばかりに、いつもの晴れやかな表情に戻り、「この手の病気が多くてね。姿が見えなくなったら、たいていはこれなんですよ」何故か気恥ずかしそうに顔を歪め、忙《せわ》しなく部屋をあとにした。

嗚呼《ああ》、悲惨。圧し潰され、拉《ひしゃ》げてしまった人。その後、鈴木がどうなったのかは知らない。

夕食どきのロビーで、窓際のいつもの席から、ひとり庭を眺めていると、

「茅野さん、相席してもいいですか？」聞き覚えのある声、山本だった。テーブル毎に四脚の椅子が配置されてあり、公共である限り断る理由はなかった。彼には連れがあり、三人が席を占めた。

「紹介しましょう」山本は座るや否や私に向かって、

「こちらが竹村さんと松井さん。茅野さんです」それぞれを順に指しながら、手短に名前だけを教え、

「皆さん同じ二階東地区なんですよ」と付け加えた。そういえば二人とも見覚えのある顔で、通路で擦れ違ったか、洗顔で一緒になったのだろう。取り上げて語るべきなにものもない、極ありきたりな人と映っていた。松井は目で軽く会釈をしたが、竹村はそっぽを向いたと感じ取れた。私の方は人に快《こころよ》い印象など与えるはずもなく、もし覚えられていたとしたら、どうせ芳しくない人物としてだろう。

「竹村さんはとうとう残すところ一箇月を切って、ここのところ酷《ひど》く落ち込んでいるんですよ。つい先日までは、寝具交換や風呂掃除などの作業を手伝ってくれたり、花の世話とかしたりして、元気だったんですがねえ。それがまるで何かに執り憑《つ》かれたみたいに、今では顔付きまですっかり変わってしまって、見る影もない有様でしょう。松井さんは松井さんでお金に悩んで、自死しようかと迷っているということなんですよ。〔村〕は自死を勧めていますが、やっぱりねえ……。最近では二人とも殆《ほと》ど部屋に籠《こも》りっ切りなんで、今日は気晴らしにでもなればと思って、ご一緒したんですよ。地区委員でなくても、放っては置けませんからね」山本はいかにもお人好しそうな快活さで、豊満な赤い頬をテカらせながら連れの心情を披露し、ガリッと音を立てて食料剤を噛んだ。竹村はカウントダウンされる死の恐怖に苛《さいな》まれ、おそらくろくに眠っていないのだろう。目を覆いたくなる程やつれ果て、曇った鈍い眼差しを闇にさ迷わせ、無気力にだらりと腕を垂れ下げたまま、食料剤など見向きもしなかった。斑点の浮く白んだ顔に象徴されている通り、最早生気は雲散霧消《うんさんむしょう》してしまい、身体は脱け殻に過ぎなかった。一見して明らかに蝕《むしば》まれ、微《かす》かにヒクつく長い睫毛《まつげ》が、痙攣《けいれん》の徴候を示していた。

松井が誰にともなく静かに語り始めた。

「一年毎の支払いなんですが、息子が次を払ってくれるか、心配で心配で……。そのことばかり気にしていると、どんどん疑心暗鬼になってきて、いっそう不安が膨らんでくるんです。そんな自分が情けないやら恥ずかしいやら、いてもたってもいられなくって……。この状態を続けていたら、息子まででも憎むようになってしまうんじゃないかと、そら恐ろしく思えてくるんですよ。こんな思いを抱きながら生き延びるくらいなら、息子達の為にも、いっそ自死してしまったほうがいいんじゃないかと……。若い頃から政治には関心がなくて、年金のことなんか考えたこともなかったし、それが罪だとされても致し方はないんでしょうが、家族の為に真面目に一生懸命働き続けてきた挙句に、これほどまでも惨《みじ》めな気持ちで余生を送らなければならないなんて……。老後は妻と一緒に趣味や旅行を楽しんだり、たまには孫達と遊ぶはず……」怨みの渦中で言葉に詰まり、果たせなかった夢同様に切れ切れのまま終わった。陰惨な無念さが、ずっしりと重く圧し掛かっていた。思い詰めた断片に頭《こうべ》を垂れ、テーブルの上に力なく開いた掌を、じっと見詰めていた。取り返しのつかない悔しさが涙となって、穏やかな目尻の深い皺《しわ》から静かに滲《にじ》み出すのを、感じることさえないのだろう、拭《ぬぐ》おうとはしなかった。竹村が、ガラスに映る自分の目を瞬《まばた》きもせず捉え続け、口の中でモゴモゴと、小さく独り言を呟いた。

「俺は死刑囚だ。期日なんか怖くないぞ。怖くない。信心なんかに侵されてたまるか。恐怖を和らげる道具如きに、魂を売ってたまるもんか。怖くなんかない。クソッ、来る。もうそこまで来てる」山本が、松井には聞こえないようにと、声を被せた。

「息子さんはお金があるんだから、払ってくれるに決まってますよ。心配いりませんよ」慰め励まそうとしたのだが、かえって油を注いだ。

「知りもせんくせに気休めを言うな！　最初の支払いだって、息子がどんなに辛い思いで捻《ひね》り出してくれたことか！」松井は人が変わったように、声を荒げて猛然と食って掛かり、

「それなのにこっちは何もしないで、ただただ期日を待っているだけなんだ！　どうせ待ってるだけなら、いつ死んだって一緒じゃないか！」自虐《じぎゃく》的な興奮に唇を打ち震わせ、テーブルを拳骨で二度三度と憎々しそうに殴りつけた。テーブルが自分の身代わりだということは、誰の目にも明らかだった。その瞬間だ。突如として竹村が椅子をうしろに倒し、ガバッと飛び上がったかと思うと、

「ヴォー」獣になって吼《ほ》え猛《たけ》った。飛び出すほど見開いた血走る眼《まなこ》は虚空を睨み、全身がわなわなと悶え震えて波打った。歯茎まで剥き出し、泡を溢れ吐き、凄まじい勢いでテーブルをなぎ倒そうとした。山本が必死にテーブルに抱き着いて押えた。間髪容《い》れず、竹村は両手を握り合わせた拳を大上段に振りかぶり、渾身《こんしん》の力を込めた激烈な一撃を、その背中に打ち下ろした。虫が叩き潰されたように悲鳴を上げ、山本はそのまま気を失った。誰かが背後から、竹村を羽交《はが》い締めに掴まえた。同時にド

ッと何人もが殺到。人間の力とは思えぬ怪力を奮って暴れ狂う者を、床に捩《ね》じ伏せ取り押えた。竹村は瞬《まばた》きもせぬ赤い目を抉《えぐ》り出し、意味不明の音を発し続けていた。床に圧し付けられ拉《ひしゃ》げた唇から、あぶく混じりの唾液が垂れ流れた。人々は大声で叫んだり、憐れな竹村を見下ろしながら非難を吐き掛けている。退屈な生活に辟易《へきえき》している連中は、この騒動をリクリエーションとして楽しんでいるのだった。山本はふたつ突き合わせたテーブルの上に、静かに仰向けに寝かされた。その喧騒《けんそう》のまんなかで、松井は固く座ったまままんじりともせず、じっと掌を見詰め続けていた。すぐに村長と書記が飛んで来て、幾重もの人垣を掻き分け、中心へと進んだ。彼等は竹村の口になにやら押し込んで猿轡《さるぐつわ》を噛ませ、キビキビと慣れた動作でうしろ手に手錠をはめた。背の高い土井が力任せに竹村を引っ立てると、そのうしろ姿に向かって、

「病人村送りだ！」罵声《ばせい》が飛んだ。多くの卑怯者どもが、そうだそうだと口々にののしり、浴びせ掛けた。不幸な者を蔑《さげす》み、生贄《いけにえ》を捧げることで、自身の保全を図ろうとする卑劣さがあった。竹村は首を奇妙にくねらせながら突き出し、辺り構わず睨《ね》め付け、挑み掛かる姿勢を誇示したまま引き摺られていった。

嗚呼《ああ》、痛ましい。闘い敗れた精神。彼を待っているものは、病人村での処理だけなのだ。

山本には担架《たんか》が用意され、医務室へと運ばれていった。幕が下り全てが終わると、冷めやらぬ興奮を少しでも持続させようと、人々はたった今見終えた寸劇の感想を大声で述べ合いながら、事件現場

から散って行った。表向きの落ち着きと平穏が戻りつつあったが、松井だけがひとりポツンと取り残されたままだった。

その夜遅く、もう真夜中に近い頃、松井が私の部屋にやって来た。椅子に掛けませんかと勧めると、手を小刻みに何度も横に振って、滅相もないというふうに固辞した。ベッドに腰掛けた私の目の前を、彼は苛立ち紛れに行ったり来たり歩き続けるのだった。じっとしていられないのだろう。ときどきガクッガクッと、膝が折れそうに曲がり落ちた。やがて、

「一人で部屋にいるのが怖くて怖くてたまらないんです。どうしたらいいのか分からなくなるんですよ」うつむいて、おどおどした目を隠しながら、上擦る声で打ち明け始めた。

「支払期限が四日後なんです。あと四日しかないんですよ！　息子が支払ってくれないと、その一週間後に処理されるんです。何がなんでも払ってくれるだろうとは思っているんですが、今になっても息子からは何の連絡もないんです。あんまり煩《うるさ》く督促するのも責めるようで可哀想だし、自分も惨《みじ》めで……」唇が震え、目がさ迷っていた。さっきより一段と不信と不安が募って昂《こう》じ、気が気でない面持ちだった。

「自分で言うのもなんですが、私は真面目にやってきたんですよ。本当です。私は善夫という名前なんですが、名前負けしなかったと断言できます。親や先生の教えをよく守るいい子でした。同級生が遊んでいるときにも、私は一生懸命勉強して、優等生だったんです。社会人になってからも謹厳実直

を旨《むね》とし、上司に従って会社の為に全力を尽くしましたよ。その成果と努力を認められ、取締役にまで昇進させてもらいました。人間関係も誠実を心掛け、友人や同僚達から信頼されてきました。私生活では、妻と子供と一緒に、幸せな家庭を築くことも出来ました。今では二人の子供達はそれぞれ独立して、中学生を筆頭に三人の孫にも恵まれたんです」彼は溜めていたものを吐き出すように、一気に過去を振り返った。

「そりゃぁ私だって遊びたかったし、怠け心が起こることもありましたが、常にそれに打ち克ってやってきました。我が侭《まま》な心を自制して、家族や会社に尽くしてきたんです。何十年、人生の全てを……。その結果がこれだというんですか！　あまりにも惨《みじ》めじゃないですか、情けないじゃないですか。まるで邪魔者扱いで、早く死ねといわんばかりに、こんな所に幽閉《ゆうへい》するなんて。とどの詰まりは、期日が来たら家族に看取られることもなく、無理矢理に殺されるんですからね。注射一本で、野良犬みたいに始末されるんだ！　こんなことが許されるんですか！　人間が人間に対してやることですか！　こんな結果だと分かっていたら、真面目になんかやらずに、好き勝手にするんでしたよ。もしもやり直すことが出来るなら、きっとそうします。でも、もうやり直せないんだ。たった一度っ切りの人生だというのに、こんな酷《ひど》い終わり方をさせられるなんて……。金さえなかったら、この世に金というものさえなかったら……。チクショウ！」やり場のない怒りをぶち撒ける悲痛な叫びと、取り返しのつかない鬱々《うつうつ》たる思いに囚われていた。そこには他人の教えを指針とした、一度しか生きられない者の姿があった。彼は自分の人生を自らが創ったのだということを知らぬまま、金に買われた人生だったことだけを思い出に、結果を怨みながらその最期を迎えるのだろう。

畜生《チクショウ》め！　誤謬《ごびゅう》に踊らされ、遅きに失した人生。取り返すことは出来ない。決して生き直せはしない。

翌朝、赤いカプセルをふたつ飲んだ、松井の姿が見付かった。発見者は土井で、税金の支払いがあったことを報《しら》せに行ったのだった。

夜の散歩の後、ロビーを通ると殆《ほとん》ど空っぽで、乾いた足音が響いた。群れから逸《はぐ》れてひとりポツンと、例の彼女がいつもの席に座っていた。まんじりともせず、ガラス越しの暗闇をじっと見詰め、闇のなかに何かを見出そうとしているかのようだった。ふと、眺めていたいという衝動に駆られた。自販機で紙コップ一杯の酒を買い、私もいつもと同じ席にゆったりと陣取った。〔村〕に来て初めての酒が咽喉《のど》に沁み、胃袋から全身へと広がり亙《わた》っていった。微動だにせぬ彼女は、瞬《まばた》きはおろか、呼吸すらしていないのではないだろうか。深淵の暗黒に縁取られ、凛《りん》とした孤高の存在。密やかに充ち満ち、それそのものとして在る。久し振りに出会った人間に、透明な意識を向ける濃密な時間。体内を深々と突き通していく刃《やいば》の感触を、目許を緩めて愉しんでいた。そのとき突然、白い布が彼女を覆い隠して立ちはだかり、その暴挙によって、深遠な想いが打ち破られた。

「お一人ですか？　話し相手になってくれませんか？」現実に引き戻されまいと、意識と視聴覚がせめぎ合った。私がよほど不機嫌そうに見えたのか、拒否されたと感じたのか、

「お邪魔なら遠慮しますが……」上の方で低い声が響いていた。視界を取り戻すことが先決で、私は急いで無言のまま横の椅子を指し示した。遮る物がなくなったとき、彼女の姿は既に掻き消えてしまっていた。その椅子とテーブルが単に空虚に佇み、今や唯の物体として取り残されているに過ぎなかった。私はないものを慌《あわ》てて追ったが、無駄だった。私には無縁でしかない異質の世界が到来し、場面は凌駕《りょうが》された。

「僕は毎晩こうやって、話し相手を探しているんですよ。一人でいるのは、やり切れませんからね」酒の入ったコップをテーブルに置き、長身を折り畳んで腰を下ろしながら、白衣の医師は慣れた科白《せりふ》を述べた。落ち着き払って動じない物言いと、居丈高《いたけだか》な態度に職業柄が表れていた。

「斎藤芳樹です、宜しく。確か君は、四週間程前に見学に来ましたよね。よく覚えているでしょう。ご覧になった通り、なにしろ暇なもんでね。一日中看護師と駄弁《だべ》るしかないんだから、嫌でも覚えてしまうんですよ。見学者が通り過ぎた後、その新入者を看護師と品定めしたりしてね」彼は微笑みを歪ませ、酒をひと口飲むと、両手のなかにさも大切そうに包み込んだ。きっと、最愛の友人なのだろう。細長くて綺麗な指とそのしなやかさには、そこはかとなく自ずからに気品が薫っていた。日本人には珍しい根元から高い鷲《わし》鼻、骨張って突き出た頬、頑固に張った骨太の顎《あご》が特徴的だった。分厚い縁なし眼鏡の奥で、拡大された大きい眼球が小刻みに揺れていた。私が相槌《あいづち》ひとつ打たないことにもめげることなく、まるで独り言の延長みたいに、彼はコップの中の液体を見詰めながら喋り続けた。

「実は医者を辞めようと思っているんです。我々医者には税金免除の特典があるんだけれど、もうそんなもんはどうでもよくなってね。とっくに書面で出してあるんだが、なかなか返事をくれなくて……」半分ばかり残っていた酒を呷《あお》って飲み干すと、

「ちょっと待ってて下さいよ」白衣の裾を翻《ひるがえ》しながら大股で足早に自販機に向かい、コップ片手に戻って来た。

「これがないとね、やっていけませんよ」にんまりと自嘲の笑いを浮かべ、背を丸めて前屈みになり、ひと舐《な》めしてから両手で優しく抱いた。

「僕はここに来てまだ三箇月程なんですが、全てが引っ繰り返されてしまいましたよ。もともと人の命を救う為に医学を志して、患者さんと一緒に病気と戦う為に臨床を選んだんです。治った患者さんの晴れ晴れとした顔を見るのが、医者冥利《みょうり》で最大の幸福でした。医者たる者そうあるべきだと、固く信じて疑いもしませんでしたね。そもそも医学はその為にあるんですからねえ。そうでしょう？」

虫眼鏡のなかで、大きい眼球がギョロッとこちらを向いた。私は刻み揺れるその眼を、真っ直ぐに見詰め返していた。うしろめたそうに視線を酒に落とし、彼は語り続けた。

「ところがどうです。ここでは患者を治すどころか、処理することが仕事なんですよ。病気を克服する為の医学は、処理することだけに利用されているんです。ご存知の通り、みんな病人村送りを恐れて、診察を受けになど来やしない。確かに、いったん送られてしまったら、戻って来れる人は殆《ほとん》どい

ないんですから、無理もありませんがね。だから誰も寄り付かないし、処理だけが仕事なんですよ。毎朝村長が立ち会い、暴れたり喚《わめ》いたりする人を押え付けて、まずは麻酔ガスで眠らせてから、三人の医者が同時に点滴液に注射を打つんです。誰の注射がホンモノなのか分からなくする為にね。そんなこと、子供騙《だま》しじゃあるまいし、気休めにもまやかしにもなりませんよ。五分後には確実に、苦痛もなく音も立てず、心臓と呼吸が止まるという具合です。死亡時刻を記録してサイン、それで仕事は完了。我々が毎日行なっているのは、こんなことなんです。世間では、たいていの人は死の恐怖と苦痛から生きることを選んで、痛みを和らげることはあったにせよ、最後は動物らしく死ぬでしょう。でもここでは、一方的に眠らせておいて、死なせるんです。まだ最後ではない人、もっと生きたいと願っている人を、有無を言わせず死なせるんですよ。それをやるのが医者だというんです。これが医者なんだ！」医者は殺人者だった。出目金にも似た眼玉が、敵意も露わに私に噛み付く。彼は自身に対する怒りを剥き出し、明らかに敗北に打ちのめされていた。医学が政治の道具として利用され、経済の足元に平伏《ひれふ》すものに過ぎないことを、ここに来て思い知らされたのだ。

「こんなことをする為に医者になったんじゃないんだ。たった三箇月の間に、いったい何人の命を奪ったと思いますか！　もうたまらん、耐えられん、うんざりだ、ご免蒙《こうむ》る！」拳でテーブルを何度となく叩き、臓腑《ぞうふ》から吐き出す痛々しい叫びを吼《ほ》え上げ、とうとうしゃくり泣き始めた。

「あーあぁ、まぁた飲んだくれてやがるんやなぁ。しょうがないおっさんやな」いつしか近寄ってい

た太った男が、大きい音を立てて無造作にドッカリ座り、腹を突き出して医者を非難した。取って返して顔だけを私に向け、

「どうせ辞めるの何のとくだ撒いて、医者がどうのと御託《ごたく》を並べ立てたんやろぅ。毎度の憂《う》さ晴らしや。毎晩毎晩飽きもせんと、ようやるわ。今夜はあんたが被害者っていう訳やねぇ」胸を反り繰り返らせ、豪傑笑いをして見せた。

「中村、五月蝿《うるさ》いぞ。僕は殺人者にされたんだ。これが、医者である僕等のやってきた結末だというのか？」

「あんた等が、進歩とかいうもんをやった結果に違いないやんけ」斎藤はグイグイッと飲み、またまたフラフラと買いに行った。中村は浮腫《むく》んだ赤ら顔をニヤつかせながら、そのうしろ姿を目で指し、

「毎晩こんな調子なんやでぇ。日毎に酷《ひど》ぅなってきてるし、危なっかしぃてしゃあないんや。その上、いつでも打てるように、例の液体の入った注射器を、ポケットに忍ばせとぉるんや」艶のいい頬を輝かせながら説明を加えた。例の液体とは、処理に使うもののことだろうと、容易に推測出来た。斎藤は少しふらつきながら戻って来ると、ドッカと椅子に尻を落した。震える指を振りながら中村を指差し、酔っ払いの間延びした演説が始まった。

「こいつはねえ、病人村から生還した数少ない生き残りなんだ。いや、死に損ないかな。今でこそみっともなくブクブクに太っているが、肺炎に罹《かか》って送られたときには、骨と皮だけだったんだ。早期

に治療しないもんだから」

「死に損ないで悪うござんしたねぇ。その頃には、あんたはまだいぃひんだやんけ。診てもおらんくせに、よう言うわ」中村が合いの手のちゃちゃを入れた。

「君のカルテを見ているから分かるんだ。今でもどうして治ったのか、不思議で仕方ないくらいだ」

斎藤は大袈裟《おおげさ》に首を捻《ひね》った。

「そやから何遍も言うたやろ。俺は貧乏やさかい、ただ苦痛を和らげるだけで、一切何の治療もしてもらえへんだんや、て。病人村も世間と同《おんな》じで、金さえ払うたら、闇で治療してくれよるでぇ。保険外医療・腕のええ医者・人工授精・臓器売買・健康法から安全食品に至るまで、世間では全てが金やったやんけ、同《おんな》じことやで。俺は家族に頼んで、肉やら野菜やら乳製品なんか送ってもろぅて、無理でも口に押し込んで食べたんや。あとはただ、ひたすら寝てただけや。何遍言うたら分かんねん」酔っ払いは嫌だねえと、最後はこちらに黄色く濁った眼を向けた。斎藤はもう殆《ほとん》ど聞いてはおらず、たまたま自分の意識に止まったことだけが全てだった。

「この男はねえ、肺炎が治った途端にね、新薬の人体実験に志願したんだぜ。例の若返り薬だよ。実験中の税金免除がお目当てでね。そのせいでホルモンのバランスが崩れて、こんなに醜いブタになっちまったんだ。今でも実験は継続中で、定期的にデータを取ってるんだけど、ろくなもんじゃないやね」次第に呂律《ろれつ》が回らなくなってきて、瞼が下がり始めていた。逆に、中村は真顔になって私を真っ

直ぐに見ると、

「税金免除なんか、目的とちゃうで。死にかけた命を拾ぅたら、これに使おうと考えてたんや」斎藤の言を真っ向から否定し、頬杖を突いて、その考えを静かに披露し始めた。

「もともと俺は、今のこの制度には賛成なんや。何歳が適当かは別としてな。たいていの者《もん》はコレっちゅう目的もなしに、ただ動物として生き長らえてきただけや。犬猫やらゴキブリなんかと変わらへん。現に、ここに収容されて、期日を目の当たりに示されても、それでさえも尚且つやで、毎日ろくすっぽやることもあらへんで、最後のときが訪れるんを、無為に待ってるだけやないけ。何がしかの目的を持って生きてきた者《もん》かて、七十にもなったら、実質的に終わってるやないか。そやから、適当なとこで苦しまんと逝けるんは、決して悪いことやないと思うてるんや。いつ死ぬか分からへんから生きてられるんやとか、今日と同《おんな》じように明日も来ると思えるさかい生き続けられるていう者《もん》がおるけど、それは受動的にしか生きてへん証明やで。結局は人を甘やかして、生を否定することに繋《つな》がる考えに過ぎひんな。むしろゴールを示したって、問い掛けを突き付けたったらええねん。おまえはなんで生きてんにゃ、てな。今を顕在化して迫ったほうが、人間的やと思うんや。ほんなら、なんでおまえは肺炎を治したんや、って訊くんやろ。そのまま死ぬべきやったやろう、って。それは病人村に入ってから、たまたま若返り薬の人体実験があることを知ったからや。ここではやってへんけど、向こうでは志願者を募集しとぉったからな。どうしてもやりたなったんや。一見矛盾してると思えるやろ？　違うんやな、こういうことなんや。つまり、もし若返ることが出来るんやったら、七十でも百でも終わらへんことになるやんか。そやかて、何歳やろうと老化せえへんにゃから、精神的にも肉体的にも力が満ち溢れてる、っていうことやからな。俺がこれまでに考えてきたこと、年令と終わりとの関係が、根底から覆《くつがえ》ってしまうんや。年令は無意味になるし、終わりそのものがなくなるんやさかいな。但しや、逆の懸念が生じてくるていうこともあり得るわな。終わりがなくなった途端に、人間は終わりたくなるんちゃうかと……」彼は自分の考えを点検するかのように、脳内を素早く駆け巡ったのち、

「人間は天邪鬼《あまのじゃく》やさかい、ないもんねだりをするからなぁ。そこんとこらへんが、まだよう解からへんにゃ。そうやからこそ、是が非でもやってみたいんや」未知への希望があるかもしれないと、宙を睨んだ濁った眼を輝かせて結んだ。

「本当にそれを望んでいるんですか？」彼の真意が奈辺《なへん》にあるかを探る為、故意に反対めかした口調で質してみた。彼は体裁を繕うことも悪びれもせず、即答した。

「望んでないって言うたら嘘になるけど、不安と慄《おのの》きに苛《さいな》まれてる、っていうのが正直なとこやろな。人類は与えられた条件を克服して、それらを支配しょうとしたんやけど、それは逆に破滅へと邁進する道やった。命の自由はその最たるもんで、頂点というても過言やないやろう。仮に若返り薬が出来て、人間が生死を自由に選択出来るとなったら、そのときはおそらく……、それはもう人間やないな。

少なくとも、我々とは同類やないに違いないわ。気が遠うなるような無限大の希望と、精神を遙かに超越した無際限の絶望。ろくろっ首ののっぺらぼうみたいな……。いずれにせよ最後の最後は、人類は人類によって滅びるんや。人間は蜥蜴《とかげ》みたいに自分の尻尾に齧《かじ》り付いて、欲望の趣くまんまにどんどん呑み込んでいきよんにゃ。最後には、食べる口で食べられる口を食らうんやでぇ。この図を絵描きに描いてもらいたいもんやなぁ。ついでに、何が残るんか、もな、ハッハ……」

「五月蝿《うるさ》いぞ！　何だと思ってるんだ！　これでも人間といえるのか！」突然斎藤が喚《わめ》き、空の紙コップを腕で払い飛ばした。

「俺は人間だ、と叫びたい、か。へ、へ、へ、お笑いやな。お生憎様《あいにくさま》、俺は紛れもなくれっきとした人間やでぇ。世間の動物どもとも違うし、ここの動物以下でもないんや。惑わされたらあかんで、躓《つまず》くだけやで。人生は思想やない、現実なんや。人間は思想なんか生きたことはあらへんし、これからもや。絶望っていう珍味を腸《はらわた》いっぱいにたらふく詰め込んで、訳の解からん渾沌《こんとん》を生きてるんや。思想なんかあらへんでも刻々と迫り来るんやし、瞬間に逃げ去って行くんや。俺は悶える生身をやり抜くんや。嘗《かつ》て、成功した人生なんかひとつもあらへんし、俺も失敗に終わるんやろうけども、や。解かったけえ、おい。しょうがないおっさんやなぁ。そろそろ存在証明時刻やし、飲んだくれを連れて行くわ」力強くにんまりと笑い、悲しい眼を残した。斎藤を立ち上がらせ、その腕を取って自分の首に捲き付かせると、叱咤《しった》しながら遠ざかって行った。当《あ》て所《ど》なく漂う危うい正気が、暗黒の狂気の最中《さなか》へと紛れ込んでいくのを、消え入るまで見送っていた。
糞っ垂れ《クソッタレ》め！　敗北の徒。人間を生きんと欲する輩《やから》。蜥蜴《とかげ》を超え、口の先を食らえ。

4．あさはかな希望

何事もない平穏な日々が流れ、入村以来八週間ばかりが経過していた。世間にいたときと違って、今日が何月何日の何曜日なのか分からなくても、幾許《いくばく》の差し支えもなかった。決められた時間さえ守っていればいいのだし、特に気に留めることも必要がない程に、既に慣れていた。共同作業に参加する以外には人との接触もなく、まさに自分の一日を積み重ねていた。

五日くらい前の早朝、隣室の者が連れて行かれ、処理された。朝食の後、安置室に数人が集まり、二時間あまりの付き添いと見送りをした。私を除いてはみな経験者で、線香を焚《た》く以外に何をするでもなく、ただ押し黙ったまま時を待った。それは重苦しさの漂わない無言の行で、彼等にとっては慣れた場面のようだった。多分、死を思うか、そうでなければ頭を空っぽにするのだろう。やがて黒衣の運搬人が二人、小気味好いテンポの歩調で棺桶を運んで来、死体を手際よくそれに移し入れると、西の出口で茶碗を割って、テキパキと運搬車に積み込んだ。今日の荷物はこのひとつだけだった。いつの間にか村長も姿を現し、みんなで走り去る車に向かって合掌した。呆気なく、ほんの三分程で、全ての作業が終了した。物体と動作だけがあり、感情の欠片《かけら》もない。砂漠で行き倒れ、砂に塗《まみ》れて干乾びたほうがマシだった。

毎週日曜日の朝に講堂で行なわれているという、礼拝を見に行ってみた。予想を遙かに超える約四百人の参加者達が椅子に腰掛け、物音ひとつ立てることなく、神聖な面持ちで牧師の説教に耳を傾けていた。信仰心の為せる業《わざ》なのか、慰めに過ぎないのか、あるいは暇潰しなのかは定かでなかった。まだ駆け出しらしき若い牧師が聴衆の前に立ち、マイクに向かって耳障りな甲高い声を張り上げていた。それは荘厳な雰囲気にそぐわぬどころか、蔑《ないがし》ろにするものでさえあった。聖書や伝説などから引用しながら、先ずは本能的な死の不安を呼び覚まし、次いで罰の恐怖をひしひしと煽《あお》り立て、人々を怯えへと陥《おとし》れておいてから、それは罪によるものであると断定して迫り、最後に神への信仰によって赦されるのだと説いた。死は神に召されることであり、信ずれば神の御心によって安息が得られるのだから、心静かに神の御許《みもと》へ行こうと、声を大にしていた。脅迫と容赦の御伽話《おとぎばなし》、信心と効果との取り引き、相も変わらぬ薄汚いやり口だった。お定まりの死への誘《いざな》いと讃美も、決して欠かすことはなかった。聴衆は同じ紙芝居を何度も見せられる子供のように、今度も感心しきりの振りをし、自ら心洗われる想いに惹かれるのだった。その心なるものが、なんらかによって齎《もたら》されると感じようとするところに、説教の所以《ゆえん》があった。パイプオルガンの音が響き渡り、みんなが立ち上がって讃美歌を合唱し、幕は閉じられるのだった。希望者は懺悔《ざんげ》の列をなしていた。胸に秘めた悩みを言葉に吐き出すことで、軽々しいどうでもいいことに貶《おと》め、気楽になりたいという安易で卑劣な欲望が立ち並んでいた。自分自身とその人生を、決して引き受けることのない人々の列。若い牧師は詰まらなさそうに欠伸《あくび》をこらえながら、次々と人々の胸中を裁く流れ作業をこなしていた。彼の聖書には傲慢という文字はない。

水曜日には坊さんがやって来た。世間では死者よりも仕事や生活が優先され、葬儀や法事は休日に行なうのが通例で、水曜日が最も暇だからだった。〔村〕が出来、お骨小包配達が一般化してからというもの、寺は極度の収入減に陥《おちい》り、著しく衰退していた。国から支払われる教授料を得る為、ここでは座禅を実践指導し、続いて法話を披露していた。健康にいいという理由で、座禅はたいそう人気があり、いつも講堂が埋め尽くされるのだった。脚を正しく組めない人は、片脚でも正座でも認められていた。背筋を伸ばして姿勢を正し、自然体に力を抜き、腹式呼吸を静かに整え、半眼を落す。やがて雑念が何処《いずこ》へともなく消え去り、ただ単に、真新しい空虚な心が広がる。坊さんに首の根を叩いてもらうことが目的の人もおり、その瞬間に全身を貫き通す、気の稲妻を味わうのだ。広い講堂が呼吸も聞こえない程に静まり返った禅のとき、髪振り乱したひとりの女が飛び込んで来るや否や、血相を変えてやにわに絶叫した。

「オマエだ！　憎んでやる！　みんな呪ってやる！　クズどもめ！」女は両足を広げて踏ん張り、突き出した右手の人差指を、坊さんに真っ直ぐに向けていた。憎悪に満ちた鋭い攻撃の眼光を放ち、顔面を紅潮させてこめかみに筋を立て、渾身《こんしん》の力を振り絞って、恨みと憤《いきどお》りをぶちまけた。

「生きてやる！　チクショウ！　くたばれ！　地獄に落ちろ！　×＊△＋□#○！」それは分別を失って剥き出された感情で、既に意味ある言葉ではなく、何を喚《わめ》いているのかさえさっぱり分からなかった。彼女はすぐさま取り押えられ、自由への抵抗も虚しく、脚をばたつかせながら引き摺られていった。狂人特有の眼付き、不確かな目的物を抉《えぐ》ろうとする目付き、その異様な光の残像がへばりついた。この手のことはときどき発生し、人々は無関心で取り合わず、すぐに何事もなかったかのように静まり、その人物を二度と見掛けることはないのだ。法話のほうは名ばかりで、やたら浄土と往生を喧伝《けんでん》し、念仏三昧と写経を推奨していた。おそらくは、醜悪な現実から目を離させて反逆を未然に防止し、安らかな境地で逝かせる為に恐怖を拭《ぬぐ》い去ることが、与えられた役割なのだろう。それをありがたいと迎え入れる、主体なき人々の群れ。

私は邪魔されぬ場所での時間と、日に三度の外出を大切にしていたが、梅雨になってからというもの、思うようにはならない日が増えていた。今朝もじとじとした小雨に濡れながらぬかるみを歩いたものの、昼からの激しい雨足に、諦《あきら》めざるを得ないのだろう。夏になるためには、まだ幾らかの雨が必要なのだった。窓外に眼をやりながら怨めしく思い、時間をかけて食料剤を舐《な》めていた。ここに来て以来、自然食を口にしていないので、胃袋が縮み上がっているなと感じられた。空腹感からは、最初の二週間程で脱することが出来ていた。糞尿を出さないことにも慣れたが、もう動物ではなくなってしまったのかと、なんとなく自分が哀れな気がした。誰かを捜してでもいるのだろうか、辺りを物色しながら、学者がテーブルの間を縫ってうろついていた。バッタリと視線がかち合った。彼は満面に笑みをたたえると、喜び勇んで一目散に、こちらめがけて突き進んで来た。

「捜していたんですよ」学者は椅子を引いて勢いよくドンと座り、伸びっ放しの軽く波打つ白い長髪を、バサッと掻き上げた。食料剤の袋を荒々しく破り、七粒全部を一挙に口に放り込んで噛みながら、「どうです、これから僕の部屋に来ませんか？　君に話したいことがあるんですよ」持ち前の腹蔵《ふくぞう》ない不躾《ぶしつけ》さで、頼むというよりは要求していた。

「私にですか？」指名されるいわれは思い当たらなかった。だが、

「勿論、君にですよ」訝《いぶか》しがる相手をよそに、何故だか彼は決め込んでいて、熱っぽい目線で迫るのだった。今日はどうせ秘めやかな時間が取れそうもないので、

「そんなに仰《おっしゃ》るのなら、お邪魔しましょうか」と同意した。学者は願いが叶った子供みたいにパッと目を輝かせ、

「善は急げ、だね」小躍りせんばかりにガバッと立ち上がり、私が随って行くものと疑いもせず、振り返ることもなくどんどん歩を進めて行った。そういえば、エレベーターに乗るのは初めてだった。気の病院にあるのにも似て、だだっ広くてノロマな箱が、多少揺れながらぎこちなく昇っていった。九階で降り短い若者なら、階段を駆け上がったほうが速い、と言い兼ねないほどのんびりしていた。九階で降り

ると、急《せ》き立てられて突き進んで行く学者の背中を追った。部屋の前まで来たとき、彼はピタッと立ち止まり、部屋番号と名前の表示を指差し、

「ここです」ドアを開け、中に入った。

「これが僕の空間という訳です」大らかに笑って、ベッドに勢いよくドサッと座り込んだ。部屋の造りはまったく同じだったが、ブラインドを巻き上げた窓が南向きなので、陽が射していないにも拘《かかわ》らず、私の部屋よりずっと明るかった。晴れた日はさぞや眩しいことだろう。それに、冬には温かい陽だまりが出来るに違いない。ベッドに座った彼の向かいの壁には、どこかの会社が宣伝用に作ったと思しきカレンダーが貼ってあり、赤い×印で一日ずつ消し込まれていた。余白には、書いては横線で消した数字が並び、ひとつずつ減っていた。まだ消されていないのは百二十一で、残り日数を示していると推察された。他にはこれといって目立つものはなく、飾り気のない殺風景なコンクリート箱だった。

「読みたいものがあれば貸しますよ」学者は自分が座っているベッドの下を指し示した。多くの分厚い書物がキチンと立てて並べられており、私はしゃがみ込んで表題を読み取っていった。なるほど、学者と渾名《あだな》されるだけあって、ドイツ観念論と現象学派、それに生の哲学があり、論理学と構造主義まで追い掛けていた。彼は勧めたりしなかったが、私は椅子に腰掛けた。テーブルの上には、小さな文字がビッシリと並ぶ、書きかけの紙が積まれていた。私がそれに目をやるのを待ち構えていたのか、

「僕は生の思想を創り上げたいんだ。昔あったみたいな、つまり主観的で神秘的とか耽美的なものではなくて、現実に根ざした客観的で論理的なものをね。屍《しかばね》を大量生産している二十一世紀に相応《ふさわ》しいと思わないかい？　今こそ生の思想が待望されているんだよ」学者は誇らし気に思いを披瀝した。骨の上に皮が浮く皺《しわ》くちゃの白い手で、顎鬚《あごひげ》をしごき引っ張りながら、私の視線を捉えて離さなかった。

「二十世紀の半ば以降は不毛の時代で、哲学は人々に何を示すことも出来なかった。哲学の敗北と呼ばれる所以《ゆえん》だ。このままでは、人間そのものも敗北してしまうに違いない」キシキシと奥歯を軋《きし》る音が、悔しさを露わにしていた。

「僕が考えているのは、人間の肯定を根底に置いた、人間主義と呼ばれるべきものなんだ。ヒューマニスムとは異質で比較の対象じゃないし、超越論的な主観主義の抽象的観念や神秘主義の妄念は排除しなければならない。逆になんらの前提もなしに、先験的な与件を一切措定《そてい》せず、現実の生《なま》の人間の姿にのみ立脚し、論理的且つ体系的に生を解明した上で、積極的にそれに意味を付与したいと考えているんだ。一般的には素知らぬ振りや、やり過ごし・無為・逃避・逃亡が横行し、極ひと握りに執着・躓《つまず》き・絶望・敗北などが見受けられるに過ぎない。でも、そんな人間が可愛くて仕方ないんだ。だから、なんとかしたいと思っているんだよ」彼は次第に熱を帯びた演説調になって、野望に目をギラつかせながら、目論見を明かした。

「そこに積んである著述は、ここに来てから四年半の蓄積で、あともう少しで完成する予定なんだ。結論を書く前に、今一度原点に立ち返って、検証し直しているんだ。出来上がったら、是非とも最初に読んでもらいたくてね」ワクワクしながら無邪気に笑い掛け、断られる可能性など、露ほども想像してはいなかった。私は黙ったまま微笑み返した。彼はそれ以上踏み込んで内容を説明することはせず、むっくりと立ち上がって握手を求めてきた。抜ける白さの冷たい手を握り返し、嫌な予感を背に携《たずさ》えて、私は辞して部屋を出た。

毎週日曜日の午後には、家族との面会時間が設けられていたが、各自の順番が回ってくるのは、十週間隔になっていた。山本の言によると、二千人もの収容人員からして分割せざるを得ないし、講堂の広さや駐車場などの施設の受容能力も、それが精一杯だということだった。また、隔離されている老人達が家族や世間を恋しがり、みんなが一斉に浮き足立ったり、逆に孤独感を強めたりするのを、当局が恐れているからだと教えてくれた。警備と監視は限界を超えており、一般の警察官が応援として、外周に配置されているのだとも付け加えた。初めてのときは多くの家族が来るが、二回目以降は、次第に足が遠退いていくのが常なのだそうだ。家族からすれば、税金のことや憐れみとうしろめたさからそうなるのだろうと、彼は推し測っていた。家族のほうから申し込む制度になっていて、老人達は受け身だった。直前の土曜日、昼食時間から夕食にかけて間欠的に、ロビーの電光掲示板に該当者の名前が流されるのだった。その前には多くの人々が群がり、まるで入学試験の発表を見るのにも似て、自分の名前を指差して小躍りしたり、大袈裟《おおげさ》に抱き合って歓び合う少数の人達の陰で、捻《ひね》くれた薄笑いを浮かべたり悩まし気に肩を落として、うつむき加減にひっそりと寂しく、群衆から離れ去る姿が多数あった。明日の日曜日は、私にとって初めての面会日だった。私はいつも通り、目に痛い紫外線を降り注ぐ真夏の太陽光線を遮る木陰で、秘めやかな自分だけの時間を静かに過ごした。夕方になって、もう誰もいなくなった掲示板の前に立ち、流れゆく人々の名を眺め始めた。期待が湧き上がるよりも、失望したくないという気持ちが断然勝っていた。自分の名前がないことを予《あらかじ》め知っていたかったし、その理由は確かに了解済みだった。私も凡人に過ぎないなと、心中密かに冷たく嘲《あざ》笑っていた。流れのなかに、見覚えのある文字が現れた。その瞬間にはそれが何なのかピンとこなかったが、自分の名前だった。

「そうか、来るのか」厄介《やっかい》なことになったなというふうに、独り言《ご》ちた。再会出来る歓びよりも、気遣いの重々しさが圧《の》し掛かってきたからだった。今夜のうちに、対処する方法を思い設けなければならないなと、頭の中で自分に言い聞かせていた。

当日、昼食を済ませて講堂に行くと、まだ客の姿はなく、迎える老人達が、折り畳み椅子を並べる準備に余念がなかった。私もその作業に加わったが、すぐに終わってしまった。というのも、該当者が二百人もいるにも拘《かかわ》らず、そのうちの三十一名にしか、客は来ないのだった。山本が言っていた通り、その大半が私と同じで、初めての面会だった。歓びも露わにウキウキと語り合う人、ひとりそわそわと落ち着かない人が目を引いた。やがて、村長を先頭に面会者の列が整然と講堂に入って来た。このときとばかりに、朗らかに善人ぶって誇らし気な村長の表情が、まるでチャップリンそっくりで滑稽《こっけい》だった。すぐさま双方が目で慌《あわただ》しく互いを捜し求め、手を振り合うとたちまちにして列が崩れ去り、あちこちの声が交錯して席が埋まっていった。私達はお互いに軽く頷き合いながら、気恥ずかしくも見詰め合った。

「お祖父さん、元気だった?」最初に口を開いたのは純だった。

「ああ、元気だよ」私はみんなに椅子を勧めながら、にこやかに応えた。純、芳子、絵美、聡の順に席に着いた。やはり聡は正面を嫌って、端の席を取った。

「お祖父さんが何も言ってこないから、心配してたんだよ」純はたしなめる口調で、芳子を代弁した。私の消息が二人の会話のなかに出てくるのだろう。

「お祖父さんは何も心配いりませんよ」久し振りに聞く大らかな芳子の声が、周囲の空気を明るく照らしてくれた。

「はい、これ」芳子が差し出す紙袋に、

「おばあちゃんが一昨日から下ごしらえして作ったんだよ。お祖父さんの好物なんだって」純が得意気に言葉を添えた。私は相好《そうごう》を崩して両手で大切に受け取り、もう自然食を食べられない身体になってしまっていることを、告げなかった。

「ここの食事はどうなの？　自分で作ってるの？」まるで母親みたいに芳子が訊いた。

「食料剤ばっかりでね、仕方ないよ」

「へええ、あんなに自然食でなきゃ嫌だって、言い張ってたのにねえ。たまにでも作らないの？」芳子は私の変わりように気付いたに相違ない。

「うん、全然」

「洗濯はちゃんとしてるの？」私の生活振りを点検するかのように、妻は重ねて尋ねた。

「必要に応じてやってるよ。着られるものがなくなるから」

「いったいどんなふうにやってるんでしょうね。あなたが洗濯する姿なんて、とっても想像出来ないわ」芳子はカラカラと明るく笑った。自分がいなくても困っている様子のない夫に、拍子抜けと虚しさを感じているのだった。何十年もの長い間、食事と洗濯掃除の日々を過ごしてきた彼女にとって、それらのない生活など、想いも寄らぬのも無理からぬことだった。

「じゃあ、毎日何をして過ごしてるの？　本ばっかり読んでるの？」書物に縁のない彼女には、それは陰気で不健康の代名詞なのだ。私は朝起きてから眠るまでの一日を、掻い摘んで説明した。彼女は以前には見せたことのない注意深さで、聴き漏らすまいと耳をそばだてていた。

「退屈そうね。私なら持て余してしまいそうだわ」彼女は豪胆にも素直な結論を下した。生活上必要なことを取り上げたら、やることがなくなって、窒息してしまうに違いなかった。

「どんな本を読んだり、どんなことを考えてるの？」純の新たな質問が、話題を変えるには渡りに船だった。しかし、それに直接答えるのは適当とは思われなかった。

「私の部屋を見ていないのかい？　本棚に沢山残っているから、興味があるなら読んでみるといいよ」

「お祖父さんの本を勝手に読むのは悪い気がして……。でも、本当は題名だけは見たんだ」純は悪戯《いたずら》坊主よろしくペロッと舌を出し、おどけて見せて目を輝かせた。

「わざわざ来てくれたのか？」横合いから、穴が開くほど鋭い目付きで、じっと私を観察していた聡に向いて、至極ありきたりな声を掛けた。すぐに応えそうもない夫に代わって、

「聡さんはこっちで研究会があって、そのあと一年間の契約で、ドイツに行くんですよ」絵美が誇らし気に告げた。

「ほう、ドイツで教えるのか。立派なもんだね」私は目許を緩めて微笑み掛けたが、彼は硬い表情を、微《かす》かにさえも和らげはしなかった。絵美はやきもきして、父と息子の橋渡しをしようと、

「向こうからお誘いが来て、こんなチャンスはまたとないもんですから……」言い訳めいた取り繕《つくろ》いに、躍起になった。父親がこんな所に収容されているのに申し訳ない、そう言いたかったのだろう。

「絶好の機会なんだし、逃す手はないよ。日本人がドイツで教えるなんて、昔なら考えられなかったね。素晴らしいじゃないか、快挙だよ」私の称賛に、今度は純が受けて、

「親父は凄《すご》い人なんだって、うちの教授が褒《ほ》めてましたよ。親が有名人っていうのは、辛いところもあるけどね」若者らしく、明るい笑いに乗せて言った。

「私にはよく分かりませんけど、そんなに凄《すご》いことなの？」聡のドイツ行きに、芳子は不満を抱いている様子だったが、誰もそれを相手にしなかった。おそらく、既に私を取り上げられ、立て続けに息子まで連れて行かれる、という気持ちになっているのだろう。純と一緒に暮らしていることだけが、今や唯一の気持ちの支えになっているのだ。

「ここは警戒が厳しいんだね。道路や門には警官が何人もいたし、すぐそこの金網のゲートにも監視人が三人もいて、ピッタリ一時まで待たされたんだ」場の雰囲気を変えてくれるのは、いつも決まって純だった。まだ十九歳だが、既に人の気持ちに通ずる心得を持ち合わせていた。それは人から教えられて出来ることではなく、精神の厳しさを抱えた者だけが自ら会得《えとく》し、身に付けられるものに他ならない。

「面会日は、特別厳重に警戒するんだそうだよ」他所事《よそごと》のように応えると、純はスックと立ち上がって、

「庭に出ようよ」とみんなを誘《いざな》った。今日はカラッと晴れ上がって気持ちが好かったし、庭を歩くことは許されていた。講堂から出たのは、私達が最初だった。ロビーを通ると、まだ昼食後の人々が散見され、妬《ねた》みを含んだ好奇の視線が、私達に纏《まと》わり付いてきた。玄関まで来て見世物から解放される

と、芳子と絵美は手にしていた帽子を被った。懐かしい日焼けした麦藁《むぎわら》風と、太陽を眩しく反射する白が並んで歩いた。二人は木陰のベンチに腰掛けて扇子とハンカチを使い、男達はその足元の芝生に座り込んだ。昨夜準備しようとしたにも拘《かかわ》らず、私には話すことが何もなかった。

「純は順調にやってるかい？」

「うん、僕は変わりないんだけど、母さんが東京で一人になるからね」気遣う眼差しで、母親の様子を覗った。

「あら、私は平気ですよ。純が心配を掛けなかったらね」と、温もりの込められた目線を返し、

「一年なんて、あっという間だわ。それより、私も一緒にドイツへ行きたかったんだけどなあ」彼女はまだ諦《あきら》め切れず、怨めしそうに夫の横顔を見やった。聡が妻の同行を断ったに違いなかった。

「女は邪魔なのよ。大事なときには蚊帳《かや》の外で、入れてもらえないものなのよ」芳子が慰めるともなく言い、私は苦笑したが、聡は厳しい眼差しを私に向けたまま、表情ひとつ崩さなかった。純もこの話題には立ち入らず、

「風があったらいいのにね」身体のうしろで両腕を芝生に突き立て、上体をもたせ掛けていた。

「ここは盆地みたいになってるから、空気が溜まって、あまり風が吹かないんだよ」私も残念だという口調で応えると、

「そうだね、自然の山谷を改造して、人工的に造った盆地なんだね。切り立った山に取り囲まれて、

孤立しているみたいだな」純は素直に感想を述べたのだが、聡の叱責《しっせき》の一瞥《いちべつ》がギロッと飛び、慌《あわ》てて口をつぐんだ。隔離・収容・孤独・家族・金・期日・死、語ってはならない言葉にこそ、真実があった。こうして実際に会ってみると、心の底から話すことなど何もないことに、みんながそれぞれの思いのなかで了解していた。今更言うまでもなく、私達は金網と山々に隔たれ、別の世界に住んでいるのだ。取り留めもないお喋りをしているうちに、制限時間が来たらしく、村長と書記が面会者を集めていた。私達残る者は、ゲートまで見送りに行った。肩を並べて歩きながら、

「聡よ、後顧《こうこ》の憂《うれ》いなくやっておいで」彼はキッと前を向いたまま、ほんの心持ちではあるが頷いて見せた。そこには並々ならぬ決意が秘められ、漲《みなぎ》っていた。

「みんな、来てくれてありがとう」

「あなたも身体に気を付けるんですよ」またまた母親のように言って、当の芳子が声を立てて笑った。

「お義父さん、お元気で」

「お祖父さん、また来るからね」みんなの姿が見えなくなるまで、私は立ち尽くしていた。純だけが振り返って、手を振った。

一号村まで戻って来て、さっき家族で座っていたベンチに深々と腰を下ろし、煙草を吸いながら思い返していると、ゆっくりとした足取りで藤原が近付いて来た。

「面会されてたんですね。初めてでしょう。みんな、最初は来てくれるんですよねえ」並んで座りな

がら、私が応えないと見て取ると、躊躇《ちゅうちょ》することなく、すぐに本題を切り出した。

「老人村制度を破壊する為の全国的な活動組織を、世間と〔村〕の双方で、着々と作りつつあります。既に中央は、全ての〔村〕の末端組織をコントロールする機能を持ち、それぞれの〔村〕は中央の指示に従って、歩調を合わせて組織化を進めているんです。その役割は、〔村〕内部からの崩壊を狙って工作することと、来るべきときには、全国一斉に蜂起することにあります。当然、この〔村〕のなかでも、同志を募って組織を形成しつつあります。一号村の責任者兼連絡係を、僕が勤めているという訳なんです」彼等の動向を説明し、解からせておいた上で、近寄り過ぎている茶色っぽい目で真っ直ぐに私を見詰めると、顔を近付け、いっそう声を潜め、内密の話に入った。

「実は、たってのお願いがあって来たんです。茅野さんに、この〔村〕の指揮を執《と》って頂きたいんですよ。いや、一号村だけではなくて、二十八号まで全体の指揮者として。今は適任者がいなくて空席なんですが、これからは中央とのやり取りと村全体の統率が、極めて重要になってきますから、どうしても必要なんです。指導力と統率力が問われますし、何といっても人望と経験が欠かせません。その点、茅野さんは申し分ない経歴と実績だし、これは中央からの指示なんです。茅野さんを説得して、是非とも指揮に当たってもらえ、とね。引き受けてもらえますね？」唐突で一方的な申し出を、一気に言い終えた。彼は一点の疑いもなく、私が快《こころよ》く受諾するものと思い込んでいる様子だった。彼にとって私は、私の勧告にも拘《かかわ》らず、既に同志だった。秘密組織に身を置いているという快感と、中央からの指示という魅惑的な緊張の響きが、彼の脳髄を蝕《むしば》み酔わせていた。

「この前の私に関する調査の件だけど、私は闘士ではないし、指導者であったこともないんですよ。確かに、幾らか首を突っ込んではいたけれど、その程度に過ぎないんでね。それも遠い遠い過去のことだから。老人暴動のときにしても、事実とは大きく懸け離れていて、むしろ作為を感じさせられるね。中央とやらに利用されるのは真っ平なんで、この場でハッキリとお断りしますよ」藤原は両の目がくっつく程に近寄せ、驚きと動揺を隠せなかった。中央の指示に従わないばかりか、非難めいたことまでも口にした私を、距離を置いてまじまじと見詰めた。

「でも、当然、老人村制度には反対なんでしょう?」私が応えないので、表情から読み取ろうと覗き込んでいたが、それも諦《あきら》めたと見えて、

「何もしなければ、賛同しているのと同じじゃないですか。制度は維持され、実行されていきますからね。明日も明後日も、今日と同様に、期日が来た者から殺されていくんですよ。あなたはそれを見殺しにするんですか。社会は為政者のものではなく、構成している我々によって成立しているものでしょう。なら、その一員として、社会のなかにいる個人として、その義務を果たすべきじゃないですか。それが社会的責任というものでしょう。何もしない人は、自分はどうされてもいい、と言っているようなもんです。その人は、それでいいのかもしれませんが、しかし、我々は同時代人に対してだけではなく、次の世代にどんな社会を残すべきか、時代的責任も負っているんですよ。さっき面会さ

れていた息子さんやお孫さんが、いずれ年取って老人になったとき、我々と同じように、やはり期日に殺されても構わないんですか。こんなにも惨《むご》い仕打ちの社会を、息子さん達の世代に残して、それでも人の親と言えるんですか」藤原は厚い唇から張りのある嗄《しゃが》れ声を迸《ほとばし》らせ、社会的責任と時代的責任を熱弁し終えると、少しばらけた前髪を撫で上げて整えた。それは半世紀振りに耳にする、初心者向けの、正義心と情を絡めたオルグの手法だった。彼は同じ科白《せりふ》を、数え切れないくらい繰り返し、弁じ立ててきたのだろう。私は時代錯誤に陥《おちい》ったふうに、ぼんやりと焦点のない眼差しを、空《くう》に投げやっていた。

「すみませんでした。茅野さんみたいな方にする話じゃなかったですね」ついつい熱中してしまった己を恥じて、彼は現実に戻って言った。同時に、同意は勿論のこと、興味を惹くことさえも得られなかったことを知った。

「一度、考え直してみて下さい。今すぐでなくてもいいんです。また来ますから」不利とみて、時間を置くのが得策と考えたのだろう。腰を浮かせた藤原に向かって、

「引き受けることはあり得ない。もう一度、ハッキリと断る」決定的に断言した。最早、何をも受け付けようとしない頑《かたくな》な姿勢に、彼は淋し気な痩身のうしろ姿を残して去って行った。

5. 情《じょう》

その夜、私は面会の一部始終をじっくりと思い返した。芳子は、私を抜きにした生活に耐えていた。表面的には純との暮しに救われていたが、それは別物に過ぎなかった。ぽっかり陥没した空洞の中で、彼女はひとり取り残され、孤独だった。再会を歓び、愉し気に振る舞ってはいたが、私に悟らせまいとして、避けて交わらせなかった視線が、それを物語っていた。自分なりの生き様と死に方を、自力で掴み取ることを願うしかない。絵美は、ドイツへ行きたくて仕方なかった。聡と共にという気持ちと、自身がチェリストとして勉強したいという目的の、両方なのだろう。夫が昇り詰めていくに連れ、懸け離れていく距離と理解出来ない別世界をより強く感じ、ひとり置き去られていく不安が繁殖してくるのだ。しかも聡のことだから、無下《むげ》に断られたに違いない。かといって、自分は自分でドイツに行く、そんな考えは持ち合わせてはいない。結局、音の世界に静かに沈み込んでいくことだろう。そこで、自分の音を掴んでもらいたい。聡は間違いなく、自ら天命とした道を一心不乱に突き進んでいく。彼を取り巻いているのは躓《つまず》きと絶望、そして最後に待ち構えているものは、決定的な敗北に他ならない。それを味わいながら蠢《うごめ》き悶えて生き、動物さながらに、いかにも人間的に果てるだろう。彼は、それを、私から学び取った。あの、私を貫き通す視線のなかで。願わくば、超克の道を切り拓けますように。あり得ないな。純は父を嫌っているが、それは同類であるが故の嫌悪であることに、気付き始めている。危険な端境期《はざかいき》に差し掛かっている彼にとって、家族や友人の生き様が滋養となり、ここ暫らくの間に、人生を決定付けることになるだろう。既に確固たる自我を有し、自己生成の過程にある純は、自力で生きる力を持っている。心配は要らない。もしかしたら、新たなる人間に、挑んでいくのかもしれない。それにしても彼らは、所詮世間の人であり、決して〔村〕の住人ではなかった。檻《おり》の内と外、臨場感の有無、舞台役者と観衆。カウントダウンの声が、聞こえるか聞こえないかの差。交わることなく擦《す》れ違う意識と感覚。よそよそしさ。

まだ朝食が済んだばかりだというのに、もう真夏の強い陽射しが浴びせられ、紫外線が肌を刺した。林の木陰、いつものベンチへと向かった。林に差し掛かる上り斜面で、何かにつかえて動かなくなった車椅子を、なんとか押し上げようと、難渋している婦人の丸っこい背が目に止まった。近付いて行くと、夫が長身を小さく折り曲げ、大人しく座っていた。力ずくで無理矢理に押し通そうとする婦人を手で制して、屈み込んで横から車輪を覗くと、張り出て地を這う木の根の間に、前輪がはまり込んでいた。前に回って少し持ち上げ、前輪を浮かせて角度を変えてやると、いとも容易《たやす》く脱出出来た。「ご親切に、ありがとうございました」厚ぼったい唇をゆっくりと動かして、夫のほうが柔らかく礼を言った。私がベンチに座ると、婦人は車椅子をその脇に止め、極自然な成り行きのように、私の横に腰を降ろした。使い古し、日に焼けて茶色味を帯びた白い帽子を手に取り、髪を梳《す》き上げて微笑み掛けながら、

「助かりましたわ、ありがとうございました。根っこに引っ掛かっていたんですね」心持ち頭を下げた。

「磯谷忠といいます、よろしく。こちらは小夜子です」夫は骨張った厳《いか》つい顔にはそぐわない、人を包み込むような柔和な眼差しを向け、妻は色白の丸い顔を軽く傾《かし》げて、親し気に柔らかく会釈した。

「茅野です」

「いつもここにいらっしゃるんですか？」車椅子の夫と私との間で、妻が訊いた。

「朝食の後、煙草を吸いに」

「そうですか、どうぞ吸って下さい。私達を気になさらずに」躊躇《ちゅうちょ》していた私を気遣って、夫がきっかけを与えてくれた。私はポケットから煙草を取り出し、今日の一本目に火をつけた。上手い具合に風向きは逆で、煙は彼らの方へはなびかなかった。

「私達は久し振りなんですよ、外に出るのはね。夏の陽射しは強過ぎますし、陰に入るにはこの斜面を上がらなければならないので、妻に負担を掛けるんでね」彼は車椅子の肘掛けをポンポンと叩きながら、笑って見せた。

「今日は、たまには気晴らしをしようと、妻が言ってくれたもんでね。僕の大好きな外出が出来たという訳なんです」温もりのある声音に包んで、感謝の気持ちを間接的に言い表していた。

「でも、すぐにあの様ですものね」蔓延《はびこ》る木の根に目をやり、妻はちょっぴり気恥ずかしそうに冷や

やかに笑うと、

「もうかれこれ四十年も押しているというのに、ちっとも上手くならないんだから」おそらく夫が思っているであろうことを、自ら代弁したように聞こえた。車椅子は電動式で、平地なら介添えなしで充分扱えたが、階段や路面の悪い状態には、誰かの力が必要だった。

「若い頃に、自動車事故でこんな身体になってしまいましてね。下半身不随なんですよ。役所勤めだったんで、首にはならなかったんですけど、妻にはたいそう苦労をかけてしまいましてね。子供達にも人並みなことがしてやれなくて、何といっても、それがいちばん心残りなんですよ。こんな親でも立派に育ってくれたので、子供達には感謝しているんです」彼は腕を差し伸ばして妻の小さな手を求め、それを手繰り寄せて両手で包み込み、思いを込めていとおしく撫でていた。黄昏《たそがれ》た夫婦の、積み重ねてきたものがあった。妻は何かを決意したかのように、艶のある濡れた黒い瞳で、私の目をじっと見詰めると、

「こんなに優しいことを言ってくれるくせに、一緒に逝かせてはくれないんですよ」藪から棒に、いかにも不満そうに、内輪話を打ち明けた。夫はあまりにも唐突な暴露にびっくりして、妻の真意を推し測ろうと、その横顔をまじまじと注視しながら、

「初めてお会いした方に、突然そんなことを言うものじゃありませんよ」どぎまぎして上擦《ず》りそうになる声を懸命に抑え、とがめる口調で言うと、私の反応を確かめようと、チラッと視線を投げた。

「だって、誰も話す相手がないんですもの。他の奥さん達は、私みたいには考えていないから、自死を勧めていると誤解されるかもしれないし、相談出来る人なんていないじゃないの」不満を述べ立てたいのではなく、決まりきっている科白《せりふ》の二人で話すより、無害な第三者が同席しているほうが、打開出来るかもしれないと考えたのだろう。

「ご迷惑でしょう、こんな話」彼は打ち切りたそうに、私に同意を求めた。

「いえ、いっこうに構いませんよ。私が邪魔になったら言って下さい、消えますから」ふたりの目を交互に見ながら、鷹揚《おうよう》な答えを返した。夫は、好ましくはないが仕方がないと寛大さをみせ、妻はいっそう目を輝かせて喜び勇んだ。

「この人の期日が、あと二週間に迫っているんです。私は一緒に逝きたいと、村長さんにお願いしたんですよ。一緒に処理して下さい、って。でも、駄目だって断られたんです。まだ期日じゃない奥さんを処理するのは、規則を破ることになるからって。それじゃあ、私を処理しなくてもいいから、この人の横で自死させて下さい、って頼んだの。それも駄目だって。処理室には入れないって。どうしても二人一緒に逝きたいのなら、一緒に自死されるしかないでしょう、なんて言うのよ。でもそれは、この人には許されないことなんです。罪深いことなんですものね」幼い子供みたいに、足を宙に浮かせてぶらつかせ、項垂《うなだ》れてそれを見詰めていた。ひとり取り残される孤独を、前もって味わっているかのように映った。そんな寂し気でやるせない様子の妻を、夫はいたわりの眼差しで包みながら、私向けの説明をした。

「実は、私はクリスチャンなんです。事故でひと月もの間、死線をさ迷いましてね。その後、一年間に四回も手術を受けたんですが、これ以上は良くならないと分かりました。病院では亡くなっていく方々や、見るも忍びない悲惨な状態の人々を、大勢見てきました。そんなときに、キリスト教と出会ったんです。次第に、神の存在や神の御加護、その教義を信じるようになっていきました。洗礼を受けて、名も戴きました。妻は、私が教会へ通う介添えを続けているうちに、自然に信じるようになっていったんです。妻がさっき罪深いと言ったのは、そういう意味なんです。神から与えられた命を自ら絶つということは、神の御意志に背《そむ》く重大な罪であり、許されることではありません。与えられた試練を甘んじて受け、私は期日に処理されますが、妻はその命が終わるまで、生きていくべきだと思っています。それが、神に召されるということなのだと、固く信じているのです」

「つまり私に、一人で生き残り、一人で死ねっていうのよね」

「神が守って下さるのだし、私も見守っているよ。決して一人っ切りなんかじゃないんだからね」妻は優しい視線を頬に感じながらうつむいたまま、夫の低く響く声音を聞き終え、密かに細長く溜息を洩らした。微《かす》かな風に、木々の葉が僅かに揺れた。

「罪を犯したら、赦されないでしょうか。どう思われます?」横目を斜めにずり上げて、出し抜けに私に意見を求めてきた。想像するに、二人の会話はいつもここで、平行線を辿るのだろう。何よりも信仰に生きようとする非情と、最愛の人を信仰に奪われた虚ろな情がせめぎ合い、幼く純な恋心にも似て、接する点さえなく佇んでいる。信じている者と愛している者との隔たる死が、交わることなく横たわっているのだった。彼女は孤独な余生と、ひとりだけの死を味わうことだろう。

「お気の毒です。既に何かを信じている人に、言うべきことは何もありません。しかし本当は、死に方の問題ではなく、何を生きているのかということでしょう。心眼を開くことですね」私としては、外野席から贈ることの出来る、精一杯の声援のつもりだった。夫は使われた単語から即座に異教と断じて、汚らわしそうにそっぽを向き、妻はなにやら考えに沈んでいった。死は独り切りのものであることを、痛切に感じていたことだろう。夫婦は黙して語らなかった。私は二本目の煙草をゆっくりと吸い終えてから、音を立てずに立ち去った。

二週間後、磯谷忠は規則通り期日に処理され、磯谷小夜子が同日同時刻に自室で自死を遂げたと、電光文字が流れていった。

畜生《チクショウ》め！　大いなる力に抱かれ甘え、己を矮小《わいしょう》化し、虚しく死んでいく者どもめ。

夜遅く、寝静まって誰もいない暗いロビーで、ひとり酒を飲みながら、窓外の闇を眺めていた。もしや彼女が現れはしないかと、心待ちにしていなかったと言えば嘘になるだろう。向こうの方から次第に近付く足音が、他には何の音もないロビー中に木霊《こだま》した。息を潜めて見ぬ振りをしていると、それは村長だった。彼は一直線に販売機で酒を求め、すぐにその場で立ったままひと口グイッと飲み、振り向いて私の姿を認めると、見られていたなら仕方がないというふうに、僅かの戸惑いを隠しながら近寄って来た。向かいの椅子に小柄な身体をドッカと落すと、

「やるせなくってね。こんな仕事をしていると、たまらなくなってしまうことがあるんですよ」テーブルに置いた紙コップに視線を釘付けたまま、ささくれ立つ気分の赴《おもむ》くままに、嫌そうに歪めた口をついて、酒を飲む言い訳が出た。身体を斜めに預けて深く腰掛け、右腕を背もたれに引っ掛けてぶらつかせ、短い脚を組んで揺すっていた。テーブルを指先でコツコツと叩きながら、

「まったく、やり切れませんなあ」今度は溜息に混ぜて吐き出し、コップを掴み上げてひと口飲んだ。村長室では艶やかで張りのあった顔が、今は暗がりのなかで年相応の皺《しわ》に塗《まみ》れ、疲労と苦渋に覆われていた。鷹のように鋭いはずの眼付きは重々しく鈍く濁り、意志のない平板なそれになっていた。

「今朝の夫婦の一件ですよ。旦那は期日で処理、奥さんは部屋で自死。それだけのことなら、どうってこともないんですがね。実はその奥さんから、しつこく頼まれていたんですよ。一緒に処理してくれってね。そんなことが出来るはずないじゃありませんか。期日が来てもいない人を処理するなんて。断ると次には、じゃあ旦那の処理のときに横で一緒に自死する、なんて言い出してね。処理室に入れるのは、本人と医者、それに私と決められているんです。規則を破る訳にはいかないって、幾ら説明しても、聞き入れようとしないんですよ。それもこの二週間というもの、毎晩毎晩、同じことを繰り返し言いに来る始末なんですからね。そりゃあ、たまりませんよ。夫婦は一心同体なんだから死ぬの

も一緒が当然だ、私の愛を妨げる権利は誰にもない、神も罪深い私をきっと赦されるに違いない、仮に赦されないとしても私の愛に変わりはない、挙句の果てには、〔村〕は自死を奨励しているんでしょ、ときたもんだ。涙をたたえた潤んだ目で、切々と訴えるんです。そりゃあ、感動させられましたし、同情もしました。私だって人の子なんだから、その気持ちは分からんでもないですよ。死ぬときくらい、人間らしくさせてあげたいに決まってるじゃないですか。その意味では、むしろ立派な考えだとさえ感心しましたね。でもねえ、規則というものがあるんですよ。国の法律に基づいて定められた、規則というものがね。村長である私が、その規則を破る訳にはいかないじゃないですか。最後には、いかにも怨めしそうな目付きを残して、小さな肩を震わせながら帰って行ったんですよ。そのときの目付きとうしろ姿が、瞼に焼き付いてねえ。こいつが離れないんですよ」軽快に動く薄い唇は、健在だった。向かいにいる相手が誰であろうと、たとえ相手がいなかったとしても、彼は同じことを同じように喋ったことだろう。

「奥さんは本望でしょうよ。手を繋《つな》いでという具合にはいかなかったものの、同時にあの世へ逝ったんだから、思いの半分は達した訳だし、なんといっても最善を尽くしたんですからね。私にしたって、表面的には自死が一つ増えた業績になる訳で、叱られることも非難されることもないんですけどね。でもまるで、私が愛し合う二人を引き裂いたみたいじゃないですか。それでなくても、地獄から遣わされた使者みたいに思われているんですからね。後味の悪さが引っ掛かって、酒でも飲まにゃぁおれませんよ。もう一杯、お付き合い願いますよ」そそくさと二杯目を買って来て、再現するかのようにピッタリ同じスタイルに収まると、飲み続けながら、益々饒舌《じょうぜつ》に語り続けた。

「ワシにだって感情はあるんだ。出来ることなら、一緒に逝かせてやりたかったよ。だから一笑に付《ふ》されるのを覚悟で、村長会議にも掛けてみたんだ。案の定、小馬鹿にしたような嘲笑が漏れたよ。結果は、その場の感情に溺れることなく規則を厳守しよう、それが我々村長の任務だ。当然だよな。そんなことは、聞かんでも分かってるよ。規則以外に、もっと優先すべき判断基準がないものかと思って、だから会議に出したんだ。結局、そんなもんは、なんにもないんだ。あのカミさん、ワシを怨んだろうな。クソッ、仕事、仕事なんだよ。誰かがやらなくちゃならない、仕事なんだ。怨むんなら、社会と時代を怨んでくれ。そもそも社会的な必要性があって、それでこの〔老人村〕があるんだからな。そうでなけりゃ、国だってこんなもんをわざわざ作ったりしませんよ。その目的を達成する為に、しかもみんなを平等に扱ってキチンと運営していく為に、法律や規則を整備して制度化してあるんですよ。世間から隔たってはいても、我々も社会の構成員であることには違いないんだし、現実にこの村の一員なんだ。個々の問題じゃない、全ては全体の問題なんだ。管理し統率しなければ、集団を運営出来っこないに決まってるじゃないか。もともと人数が問題なんだから、人は数として数えられる人々なんだ。人は番号で管理され、番号としてあるんだ。数と番号、これが管理の正体さ。誰が何を考えようと、どう感じようと、誰と誰がどういう係わりだろうと、そんなことは知ったこっちゃない」鏡に向かって、そこに映る自分に向かって、彼は言い聞かせていた。酔いに腫れ上がった脳が、次から次へと言葉を産み出し、乱れ荒《すさ》んだ。

「我々にしたって、結局は死を待つだけの人生じゃないか。なんのかんのと言ったたって、みんな行きつく所は同じって訳だ。大した意味も目的もなく、やることがない辛さから逃れる為に日常生活に埋没し、ただ時間をやり過ごすだけ。考えないことを生活の智恵として、馬鹿になって、ただそのときを待っているのさ。その期日が来たからといって、なんの文句があるってんだ」酒を一気に呷《あお》って、紙コップを手の中で握り潰し、テーブルに額を擦り付けると、

「数なんだよ……」うめいたまま動かなくなった。彼は少しばかり自分に甘えることを許し、私はそれを醜悪なものと眺めていた。翌朝、彼はいつもの通り、眉ひとつ動かすことなく、処理に立ち会ったことだろう。

畜生《チクショウ》めが！　恥を知れ！　己が生き延びる為に加担する、生まれてはならなかった輩《やから》め。せめてもの償いに、一日も早くくたばりやがれ！

見知らぬ小さな男が、夜更けにやって来た。私を呼んできてほしいと、学者に頼まれたのだと言う。その男によると、学者は暫らく前から部屋に籠《こも》りっ切りで、食料剤も代わりに受け取っているのだそうだ。どうも様子が怪しい、それも日を追う毎にどんどん酷《ひど》くなっている。急いだほうがいい、とも付け加えた。小男は驚くべき速さで、飛ぶように歩いた。部屋に近付くと、男は逃げ隠れるように、

フッと掻き消えた。よほど待ち侘びていたのか、ノックと同時にドアはサッと開けられた。学者は長い白髪を振り乱し、飛び付かんばかりの勢いで鼻先に迫ると、私のむなぐらを掴み、室内に引き摺り込んだ。白く濁った潰れかけの眼だけが、誇張されて飛び込んできた。確かに、なんらかの異変があったに違いない。矢も楯もたまらんとばかり、唾を浴びせて噛み付いた。

「君はいったいどう思うんだ。人間から死を奪い取ったら、生が勝利するとでもいうのか。それは勝利なのか？　死のない生が、純粋な生だと言えるのか？　これまでの生が死に呪われた生で、死なくしてはあり得ない生なのなら、死の消滅と共に、生もなにものでもなくなってしまうじゃないか。死とはいっさい無関係の、完璧に独立した生そのものを確立しなければ、生は死と共に滅んでしまうんだ。だとすると、それは最早、生の思想ではなく、死の思想じゃないのか！」彼は虚ろな目を天にさ迷わせ、身体をベッドにドッサリと落とし、塞ぎ込んだ。両膝に肘を突き立て、その両手に深く頬を沈み込ませて、床の一点を凝視していた。そこには彼が超えられない一線が、厳然としてある。死なくしては語ることの出来ない生に、彼は打ちのめされ、混乱しているのだった。私は静かに椅子に腰掛け、その一部始終をこと細かに観察しながら、忍耐強く待った。気が遠くなるほどに長い沈黙ののち、絶望的な視線を壁の裾まで僅かにずり上げて、学者は力なくうめくように洩らしていった。

「死の排除は生の勝利宣言で、死に付き纏《まと》われない生こそが、純粋な生だと考えてきたんだ。死は、生を不純で不完全にする以外のなにものでもなく、死の陰の存在こそが、生をあるべき姿から遮断しているんだと。だから死の消滅が実現出来れば、そのとき初めて、真の生を出現させることが出来るんだと、単純にも信じて疑わなかった。だが実際には違うんだ。まったく逆だったんだ。死がなくなるということは、死なないのではなく、死ねないんだ。死ぬことが出来なくなったとき、人は死を渇望し、恋い焦がれ絶望するに違いない。何故なら、そこには最早、死と対峙して生きるということがないんだから、生は既になにものでもなく、無意味で空虚な、名もないものに過ぎなくなっているんだ。もうなんらの問題ですらなく、どうでもいいものになってしまっている。結局、死の排除は、生を無価値に貶《おとし》めることに他ならない。僕が虜《とりこ》になってきた生の思想は、実は死の思想だったという訳さ。しかも、共に沈没してしまうんだ。陳腐、お笑い種じゃないか」自嘲と皮肉と哀れみを身体いっぱいに溜めて、我が思想を悔恨する吐露が駆け巡っていた。学者は出発点での誤まりを、問題の在り処《か》と与件を、完成寸前になって気付いたのだった。間違ったコースを一生懸命走り続けた挙句、ゴールがないと愕然《がくぜん》とするマラソンランナーにも似て。純粋培養の生など、人間にはありはしない。意味は付与するものであり、生死に絶対的な意味などあるはずもないことが、願望の囚人には見えていなかった。彼はやおら立ち上がると、いきなりカレンダーを力いっぱい殴り付けた。

「残り三箇月を切ってしまった。たった三箇月足らずで何が出来るというんだ！」顔中伸び放題の白髭《ひげ》に変わりはなかったが、血の気なく透き通る白い皮膚、いっそう削げ落ち突き出た頬骨、艶消しの白濁膜に覆われた瞳が、なにやら異様な雰囲気を醸《かも》していた。彼は私など目に入らないかのように、狭い部屋の中を、壁やタンスに身体をぶつけながら速足で行き来し、頻《しき》りに髪を引っ張ってはブチブチと独り言を吐き捨てた。既に脆《もろ》くも瓦解《がかい》し去った精神を引き摺って、最後の一戦に挑もうとしているのが、手に取るように明らかだった。

「今更どうしろというんだ。たった三箇月しかないんだぞ。今までいったい何をしてきたんだ。これまでの積み重ねは何だったんだ。徒労だったのか。時間潰しに過ぎなかったのか。人生を食い潰してしまったんだ。生きていなかったも同然なんだ。人間に敗北して滅びるんだ。畜生と同じだ。僕は畜生だ！　来世があるなら、地べたを這いずり回る虫けらがお似合いなんだ、ヘッヘッ」醜く唇を歪めて嘲《あざけ》り笑った拍子に、引き攣《つ》る眼が私にぶつかった。ハッと現実に立ち返ると、常軌を取り戻したのか打って変わって、

「そうだ、君が来ていたんだ。君はそこに掛けていて、うん、僕はこっちに座るから」いったん私の肩に軽く手を乗せ、今度はゆっくりとベッドに腰を下ろした。彼の意識は現実と非現実を往来し、病に侵されたように前後不覚に陥《おちい》っていた。

「ここのところ焦燥感が募るばかりで、思うようにはかどらないんで、困っているんだ。君と話をして、立て直しのきっかけを掴みたいと思ってね」そもそも私を呼んだ目的を打ち明けた。

「私で役に立てるでしょうか。学者さんと、一人前の会話が出来るほどの者じゃないと思いますが」危うさの真っ直中をさ迷っている彼に、応えるだけの力も自信もなかった。

「謙遜《けんそん》無用。僕が見込んだんだから」鈍く光る片方の瞳が、睨《ね》め上げるように向けられていた。そこに潜む何かを捉えようとするかの如く、白い一文字の眉根を寄せると、頻繁に髪に手櫛《てぐし》を入れたり、引っ張ったり掻き毟《むし》ったりし始めた。やがて、低い呟きが物々しく独白を開始した。

「最近、振り出しに戻ってしまった。相反する現象が同時に顕現《けんげん》し、出発点である現実を揺さぶるんだ。人間を証明する為の方法として用いてきた、人間的であるか非人間的であるかの識別がつかなくなった。明晰だったはずのものが混濁《こんだく》して、一挙に暗闇に放り込まれてしまったんだ。生に光を当てれば当てるほど死に近付き、死を拒絶しようとすればするほど、それに囚われる。それは意識の在り方の問題ではなく、思惟そのものが斯《か》く在るということなんだ。最早、あらゆる現象をそのまま丸呑みにし、人間的か否かを同一と認め、生と死を一体としなければならないように思われてくる。だがそれは、僕が目指したものではない。今や原点に立ち帰って、人間とは何か、人間的とはどういうものか、人間の生と死はいかにあるかを、問い直さなければならない。厄介《やっかい》なことに、そもそも問いそのものに問題があるのかもしれない。だが今更そんなことを一からやり直すには、まったくもって時間が足りない。あまりにもなさ過ぎるんだ」彼は全身丸裸で氷漬けの拷問を受け、わなわなと震えていた。人生を賭して解決しようとした問題を未決のまま、朽ち果ててしまうのかという想念に強迫され、畏《おそ》れ慄《おのの》き身を焦がしていた。意味に生きようとしてきただけに、無為の人生を容認出来るはずもなかった。虚ろで忍びない気分に圧し拉《ひし》がれているのだろう。しかもその結末だけは、時間という精緻な確かさで、ひたひたと迫り来るのだ。

「もうどうしたらいいのか、さっぱり分からなくなってしまった。思惟も理性も、何処かへ吹っ飛んでしまったみたいなんだ。ただ焦りと苛立ちに攻め立てられるばかりで、何ひとつとして手に付かない。もっと悪いことに、この数日というもの、このまま何も成し遂げられないんじゃないかという恐怖が、日増しに膨れ上がって、酷《ひど》く苛《さいな》まれるようになってきた。僕は狂ったんだろうか？」彼は自分の状態を客観的に捉え、包み隠すことなく、子供みたいに素直に尋ねた。

「狂ってなんかいませんよ。冷静に理解しているじゃないですか」私は親しみを込めた微笑みで応えた。学者の目に一瞬和やかさが揺らめいたが、その奥にはやはり戦慄《せんりつ》が根強く宿っていた。

「こんなことを人に質問したことはないんだが、僕の思想について、君はどう思う？　君ならどうする？」表面的には落ち着いた態度で、忙《せわ》しなく顎鬚《あごひげ》をいじくりながら、尋ね掛けてきた。

「詳しく聞いた訳じゃないから、内容はよく解かりませんが、完成しないといけないんですか？」

「そりゃあ、成就《じょうじゅ》させたいに決まってるじゃないか」言うまでもないというふうに、彼はにべもなく答えた。

「完成というのは、思想としての完成ですか、それとも著述をですか？」

「勿論、両方だよ」何故そんな決まり切ったことを訊くのだというように、やや苛立って頬髯《ほおひげ》を引っ張った。

「許された時間からして、いずれかの道を選ばなければならないと思われますね。ひとつは、従来から考えてきたことを、新たな疑問に構わず書き上げてしまう。この場合には、著述は出来るでしょうが、内容は嘘になるでしょう。もうひとつは、今考えていることをそのまま素直に書く。内容は本当らしく思えるが、論理的に体系建てた思想ではなく、矛盾をはらんだ断片的なものになるのでしょうね」究極の目的を度外視して、方法だけを取り出して示してみた。

「総てをやり遂げるのは、無理だということか……」学者は深い溜息とともに、断腸の思いで絶望の淵を見下ろし始めた。貝のように口をつぐみ、岩のように頑《かたく》なに凝り固まった。テーブルに積み上げられた紙はうっすらと埃《ほこり》を被り、前に見たときから一字たりとも書き進んではいなかった。してみると、あのとき既に、彼は侵され始めていたのだろう。このひと月あまりの間、蝕《むしば》まれ続けていたのだ。消え入りそうな蠟燭《ろうそく》の炎が、最後の足掻《あが》きに揺らめいていた。あのときに抱いた嫌な予感は、的中するに違いない。

十月に入ると、内陸部の村の周囲は、秋たけなわといった風情になっていた。山々では木々の紅葉が赤茶く深まり、花壇は慎ましやかなくすんだ色が大勢を占め、芝生には薄茶色が広がりつつあった。朝晩はひんやりと冴《さ》えた空気に包まれ、早朝には窓に露が付き始めた。私はこの季節が大好きで、毎夜、玄関が閉め切られるギリギリまで、外で過ごした。澄み渡って凛々《りり》しく張った闇夜と、くっきりと近い星々に親しむのを愉しんだ。たいていの人は肌寒さを嫌い、賑《にぎ》やかだった夏の夜が嘘のように、庭はひっそりと静まり返っていた。それがよりいっそう嬉しく、誘われるままに薄ら寂しい闇の中に溶け込んで、それそのものとしてあった。

麗《うら》らかな小春日和の日曜日、二度目の面会があった。今度は妻と純の二人だけなので、予《あらかじ》めの気構えは必要がないと決め込んでいた。純は、ふたつも抱きかかえたダンボール函に顔を隠し、見えない足元に注意しながら歩いていた。歩み寄って上の函を持つと、

「元気?」にこやかな笑いが現れ、若々しく快活な眼差しを私に向けた。

「冬物を持って来たんですよ。ここは寒いだろうと思って」芳子が横合いから口を挟んで、微笑んだ。

久し振りに会う妻に隔たりを感じたのは、私のほうだけではなかったに違いない。たった五箇月足らずに過ぎない別離の現実が、半世紀近くに及ぶ過去の実績の時間に、決定的な楔《くさび》を打ち込んでいた。

「じゃあ、部屋に持って行っておくよ」そのまま荷物を運び、講堂に取って返すと、二人は椅子に座ってなにやら話し込んでいた。どうやら、私には聞かせたくない内容に思われた。

「庭へ行こうか」誘うと、

「そうね、今日はお天気もいいことだし」いつも通り屈託なく応えて、ヨイショというふうに、芳子は身体を持ち上げた。私に気付かれないように、純が素早く手を貸したのではないかと見受けられた。

芳子は痩せていた。艶のあるふっくらしていた頬が今はなく、色褪《あ》せた張りのないそれに変わっていた。小太りの丸っこい小柄な身体つきも、更に小さく萎縮《いしゅく》したように思われた。彼女は明らかに私の

視線を避けていて、ベンチに並んで座るのが好都合だった。純は私達の目の前に陣取って、芝生に趺座《あぐら》をかくとすぐに、

「お祖父さん、おばあちゃんに自然食を食べるように言って下さいよ」と切り出した。

「それは言わない約束でしょ。しょうがないわねえ」芳子は純に怨みの一瞥《いちべつ》を投げて、気恥ずかしそうに照れ笑った。

「だって、僕が幾ら言ったって聞く耳持たないんだから。お祖父さんから言ってもらわなくちゃ、おばあちゃんには効かないじゃない。この前ここに来てからなんですよ。僕にはチャンと自然食を作ってくれるのに、自分は食料剤しか食べないんだ。それ以来かなり痩せたし、元気がなくなって衰えてるみたいで、病院へ行こうって勧めても聞かないんだよ」純は約束を破ったうしろめたさに襲われながらも、現状を打開することのほうが重要だと考えていた。妻は目を真っ直ぐ前に釘付けにしたまま、黙って聞き流していた。その横顔に、

「芳子、おまえは出来る限り長生きするんだと言ってたじゃないか。それがおまえの生き方なんだから、私になんか付き合っちゃいけないよ」意見を言うと、被せるように、

「フッフッフッ、想像していた通り。一言も違わないんですもの」笑ったりしてご免なさい、でもおかしくて仕方ないんですものと、悪戯《いたずら》っぽく含み笑った。

「へええ、おばあちゃんがこんなに気転の利く人だとは知らなかったよ。お見逸れしました」

「そうよ、だてに永年、夫婦をやってきた訳じゃないのよ」二人で顔を見合わせて、今度は声を立てて朗らかに笑った。彼女は固く心に決めていた。その思いが、痛いほどひしひしと伝わってきた。

「親父が全然連絡をよこさないんで、母さんもおばあちゃんも怒っているんだよ。たまに母さんが電話をかけると、忙しいのに邪魔するなって、切ってしまうそうなんだ。幾らなんでも酷《ひど》いよね。母さんはときどき僕に電話やメールをくれて、一人でも大丈夫みたいだから、心配はいらないよ。最近はチェロに打ち込んでいるらしくて、けっこう忙しくしているみたいだし」純は家族の近況を告げ、父親に対する反感を表した。

「純ちゃん、絵美さんはとっても寂しいのよ。純ちゃんが大学でこっちに来て、すぐにまた聡がドイツへ行ってしまって。四六時中気に掛けていた二人が、次々といなくなるんですものね。ひとり取り残されて、きっと空っぽになっているのよ」芳子は絵美の気持ちを慮《おもんぱか》り、解かってあげるのよと促《うなが》すとともに、自身と重ね合わせていた。純は心なしか、しんみりと頷いていた。

「純、聡はね、親の私が言うのもおかしいかもしれないが、抜きん出て頭が良過ぎるんだ。それで人に解かってもらえなくてね。人と交われなくて、いつも独りぼっちなんだよ。その上に、自分が人間を救わなければならないと、それが自分に課せられた使命だと考えているんだ。だから二重に孤独なんだよ。今もドイツの空の下で、独りっ切りで、天命と取っ組み合っているんだろう。見守っていてやることだ。必要なことは、出来ることは、それだけしかないんだからね」純は珍しく難しそうに眉根を寄せ、意識を集めて聴き入っていた。心ここになく芝を毟《むし》っていたが、やおら私を鋭く睨むと、「親父を知らなかった。真剣に話したことがなかったから。きっと酷《ひど》く辛いんでしょうね。でも、なんにも助けてあげられない」ほぞを噛んだ。

「私なんて、あなたと聡の二人ともそうなんですからね、そうやって何十年もやってきたのよ。でもね純ちゃん、黒子《くろこ》は必要なんですからね、決して忘れちゃ駄目ですよ。あなたのお母さんも、しっかりと弁《わきま》えてやってるんですからね」諭すように、私の息子を愛してやってと懇願するかのように、芳子は温もる眼差しで純を包んだ。

「いい機会だから、純に、聡について話しておこう」反射的に、純は私に食い入り見詰めた。芳子はハッとして、叫びそうになった。悪い予感がムクムクと沸き立ち、心臓が高鳴った。白日に曝してはならないことを、馬鹿正直にも喋るのではないかと、怖れたからだった。がしかし、制止することはしなかった。彼女の心配そうな、おどおどした目付きを他所《よそ》に、時を移さず話し始めた。

「私だって、聡と本音でじっくり話したことなど、殆《ほとん》どなかった。あいつは、人と解かり合えないと思っているからね。高校に入るときも大学のときも、就職するのも自分一人で決めて、結果が出てしまってから、こうしますと事後報告したもんだ。結婚のときもそうだった。前触れもなく写真付きの葉書をよこして、結婚した、これが嫁さんだって。私達には出る幕もなかったね。そんな聡が血相を変えて飛んで来て、ただならない雰囲気で、興奮して詰め寄るように、問い質したことがあった。私の眼を抉《えぐ》り出すほど睨み付けて、取り乱して前置きもなく、藪から棒にぶっつけてきたんだ。『僕には父親になる資格があるでしょうか』ってね。その様子は常軌を逸《いっ》していて、真剣なんてもんじゃない。きっと、あいつにとっては命懸けだったんだ。普通の人が聞いたら、ビックリするかふざけていると思うだろうね。だけど、資格なんて考えるところが、いかにもあいつらしいじゃないか。一見冷ややかそうに見えるが、その実あいつは人一倍、情《じょう》が強いんだ。溺《おぼ》れないように努めているんだよ、使命を成し遂げようとしてね。あいつの人間らしさは、そういうふうに表されているんだ」


「それで、お祖父さんは何て答えたの？　その詰問に」

「人生と同じで、賭けてみるしかない」

「親父は？　何て？」

「結果を見れば解かるだろう。おまえなんだから」純は自分の出生の背後に、父親の強大な力があることを感じ取った。

「悩み抜いたことだろう。その苦悩を拭《ぬぐ》い去るように、『純』と名付けたんだろう。おまえ達はよく似ているよ。表れ方が正反対なだけで、根にある気質はまったく同じなんだ」

「あなたもね、嫌になるくらい」交わり合えない寂しさを言外に含め、芳子は可愛い孫にカラカラと笑い掛けた。純はそれに応えなかった。初めて見たと思われる父の姿に、執り憑《つ》かれていたのだった。

「もし、あいつがドイツで敗北したら」

「それは言わないで！」叩き壊すように遮り喚《わめ》いて、芳子はキッと起立し、身体の横で握った拳を、わなわなと震わせた。純も驚いて釣られて立ち上がり、聡の母を宥《なだ》め慰めた。彼女はそれ以上語らなかったが、目尻の皺《しわ》にうっすら滲《にじ》んだ涙が、私と同じ考えを持っていることを明かしていた。村長と書記が、面会時間の終了を告げて回っていた。私も重い腰を持ち上げた。

「今日はまるで、僕の為の面会だったね。家族のひとりひとりについて、すごく理解が深まったと思うよ。お祖父さんと親父とは、まだまだ謎めいているけれど」純は両手を差し延べて、私と芳子の手を取った。

「もう、来ないでくれないか」思いも寄らない私の申し出に、純はギョッと仰天して手を離してしまい、まじまじと穴のあくほど私の顔を見詰め回した。

「やっぱりそうなのね」芳子は予感していたことを復誦するように口にして、

「仕方がないわね」既に決めていたのだろう、渋々ながらも間を置かず了承した。訳も解からず狐に抓まれた恰好《かっこう》の純は、呆気に取られて、茫然と立ち尽くすばかりだった。

「行きますよ」芳子が声を掛けると、純は私から視線を離さぬままあと退《ず》さり、芳子に袖を引っ張られて、身体を反転させた。私はゲートまで見送りもせず、その場に居残り、二人のうしろ姿を脳裏に焼き付けた。多分、こんな会話が交《かわ》されていたことだろう。

「何故お祖父さんは、もう来ないでくれなんて言ったの？」

「私になんか付き合うなって言ってたでしょ。独りで死ぬ気なのよ。だから聡のことを純ちゃんに話したのよ。純ちゃんへの遺言なのよ」

「じゃあ、もう、これっ切りなの？」

「来たくなれば来ればいいのよ。でも、あの人はもう会わないかもしれないわね」

「おばあちゃんは、それでいいの？」

「仕方ないじゃないの。それがあの人の生き方なんだから」

急に純が立ち止まって振り返り、身体を硬直させて直立不動になると、私に向かって深々と長いお辞儀をした。

6．敗北とあるがまま

いつもの切り株の上で、静思《せいし》に耽っていた。山とビルの間を吹き抜ける冷たい風が、時折頭皮を舐《な》めていった。固く竦《すく》んだ首と力み上がった肩が、張り詰めた雰囲気を醸《かも》すのだった。ズボン下を履き、セーターの上にジャンパーを着込むという重装備が、必要になっていた。ふと、落ち葉を踏む音が静けさを破り、背後の山から徐々に大きくなってきて、こちらに近付いて来た。この季節だから、越冬の為に餌《えさ》を求めて人里にやって来た動物が紛れ込んだのかと、思わず立ち上がって身構えた。人、だった。まだこの時期には早過ぎる、フード付きのオーバーコートに全身をすっぽり包み、急斜面に向かって四つん這いになる恰好《かっこう》で、皮手袋をはめた手を地面に付けて身体を支え、枯葉の上をうしろ向きに滑り下りて来た。私は珍しいものでも見るように、その仔細をじっと見守っていた。彼は姿勢を立て直してフーッと一息つくと、同時に抜かりなく周囲を見回し、私に気付いてギクッとした。息を呑む釘付けののち、おもむろにわざとらしくコートとズボンを叩《はた》くと、小柄な身体いっぱいに余裕をひけらかし、自信たっぷりに悠然と歩み寄って来た。フードをうしろに除けると、現れた浅黒く精悍《せいかん》な顔付きからは、強い意志と行動力が読み取れた。全面が禿《は》げて光沢ある頭、墨汁で引いた黒く太い眉、弛《ゆる》みない頬、強情そうに角張った顎《あご》の線、豊かに肉付いた立派な鼻。抜け目なく狡猾《ずる》そうに鋭く刺す鳥の眼が、クリクリと忙《せわ》しなく動いていた。その感情のない眼付きを、間近で私に投げ掛けておいて、枯葉の上にストンと尻を落した。私も連れて腰を下ろした。

「おまえ、茅野やろ。噂《うわさ》は聞いてるでえ。そう驚くことあらへんやろう。誰がどうのこうのと、そこら中でしょっちゅう言うとおるがな。学者先生の友達で、反乱組の誘いに乗らへん奴。村長の愚痴《ぐち》やら、酔っ払い医者のクダを聞いたる奴。地区委員も一目置いて頼りにしてる、なんでか分からんけど妙に信頼される得体の知れん人物。世間でどうやったんかは不明。まあ、こんなとこやなあ。目立たんようにしてるつもりでも、五月蝿《うるさ》いこっちゃねえ。毎日ここにいるやろう。ワシの部屋からよう見えんねん」一瞬ビルを見上げた私に、おまえの秘密を知っているんだぞとばかり、ニヤッと粘っこく

口を歪めた。私が煙草を取り出すと、

「ワシにも一本くれへんけ」とねだり、火をつけてやると、いかにも旨《うま》そうに深々と吸い込んで、時間をかけて細長く吐き出した。

「ワシは明後日が期日やねん。そやから、明日の夜中に脱走したるんや。逃げた分だけ儲《もう》けもん、捕まってもともとっちゅうこっちゃ。勝つか引き分けなんやから、悪い取り引きとちゃうやろう。連帯で罰せられる家族もおらへんし、この身ひとつ、気楽なもんや。それで最後の下見をしてたんや」彼はあっけらかんと自ら告白して、用心深くギロッと横眼で反応を覗き見ると、

「おまえが密告するやなんて、ちょっとも疑うてへんでえ。ワシもみんなと同《おんな》じで、おまえを信用してるんやさかいなあ」逆説的に釘を刺した。危険がないことを察知した上での組み立てだったのだろう。

「なんでみんなは大人しぃ従ごうてるか解かるけ？　こんな屠殺場《とさつじょう》に押し込められて、従順に何もせんと、ただひたすら順番が来んのを待ってやなあ。簡単やろう、自己主張する能もないいっちゅうこっちゃ。つまりやな、主張するような自己があらへんのんか、主張する意志がないのんか、その両方かなんや。もっとえげつない目に遭《あ》いたぁないっちゅう、チマチマした臆病な保身に屈服しとおるだけなんや。周りの群れを見回しては逸《はぐ》れへんか、枠を見てははみ出さへんかと、いっつもオドオドしてるばっかりやんけえ。社会っちゅう奴がそうさせるんや。人を完璧に牛耳《ぎゅうじ》る為にやな、地べたに額を

擦り付けて這いつくばるまで、完膚《かんぷ》なきまでに圧し潰しよんにゃ。ワシは嫌やね、そんな虫けらになるのんは。この〔村〕にも外の世間にも、いじけた惨《みじ》めな自分にも、操《あやつ》られなんぞされたぁないね、真っ平《ぴら》や。神も仏も糞っ食らえや。神は救いと罰の飴《あめ》と鞭《むち》で人間を従がわせやがるし、仏は道に従がう者への御褒美《ごほうび》っちゅうこっちゃんけ。奴らこそ、支配欲剥き出しの俗物に過ぎひんにゃないけえ。結局のとこ宗教はどれもこれも、奴隷を欲しがる奴と、それを信じて隷従《れいじゅう》したがる奴らの為にあるんで、ワシの為にあるんとちゃうわな。くだらんなあ、まったく。七十年あまり人生やってきたけど、取るに足らんことばっかりやったねえ。それでやな、このまんま終わるのもけったくそ悪いさかい、最後にちょっとばかり味付けしょうっちゅう試みなんや」彼は乾いた唇を舌先で素早く舐《な》め、自分の企《たくら》みに心地好くほろ酔い気分であることを、隠し立てようともしなかった。この秘密を打ち明けるのは初めてなのだろう、全てを吐露《とろ》し尽くしたい誘惑に導かれるまま、更にいっそう饒舌《じょうぜつ》になっていった。

「ワシは自分の為に生きてきたし、自分の為にしか生きひんだんや。そやから若うして親兄弟とは離れ離れやし、結婚もせえへんだし、子供もあらへん。天涯孤独っちゅうこっちゃ。社会とも必要最小限しか係わらんと暮らしてきたんや。そもそも社会なんちゅう奴は、利用できるとこだけ利用したらええねん。嫌でも利用されるんやさかいな。だいたい最初っから、何も期待なんかしてへんにゃし。他人がどうやろうと、群れが何処に行こうと、枠なんかもともとないんやし、ただ気持ちの赴《おもむ》くままにやってきたんや。ワシはそのときどきの自分に正直に生きただけなんや。利己主義者やとか自己中心的やとか、誹《そし》られたこともあったけど、ワシにはどうでもええことやったんや、そんなこと。むしろそんなことを言うてる奴らが、憐れやったで。よっぽどの阿呆でない限り、たいていの奴は嘘やと知りながら、間違うてると思いながら、自分を騙《だま》し騙《だま》しやってるんや。地獄に落ちるべきなんは、そういう連中のほうやで。せっかく人間に生まれてきたのに、自分を生きひんだ罪でな。ワシは神を神とも思わへんし、仏になんぞなりとうもないし、非社会的な利己主義者なんかもしれへんけど、自分に真面目に向き合《お》うて生きた、とだけは胸張って言えるで。これがワシの勲章やな、羨《うらや》ましいやろう。連中が非難すんのは羨望《せんぼう》からやで。自分もやってみいっちゅうねん。それでも奴らは卑怯やさかい、決してやったりしいひんにゃで。人生を賭ける危険を冒すに値するもんを、持ってへんからや。自分の人生はこれや、っちゅうもんをな。空っぽなんや、奴らは。そうでなかったら、恐怖に縮み上がってるだけの臆病者っちゅうこっちゃ。そんな憐れな奴らは、身から出た錆やからしょうがないとして、ワシはなにしろ最後まで貫くんや。自ら己を救うんや。これからやるとんずらかて、唯逃げ出すんとちゃうで。ここも世間とそっくりそのままで、ワシに人間であってはならんと命じやがる。その否定から逃亡して、ホンモノの人間になったるんや」高らかに宣言して、一直線に私を睨み付け、「おまえとは、何処か接点があるみたいな気がしてたんやけど、もっと早う話してたら好かったかもしれへんなあ。もう一本くれへんけ」指を二本差し出して、蟹《かに》の鋏《はさみ》のように動かした。私は指の間に煙草を差し入れ、火をつけた。

「ここに入ってから毎日運動して、体力を付けてきたんや。山やら沢を駆け巡らなあかんし、野宿もせんならんやろうしな。警備員も警官も現役の連中なんやし、犬を嗾《けしか》けられるやろう。逃げ果《おお》せるには、それ相当の気力・体力・知力が必要っちゅうこっちゃ。詳しい地図も手に入れたぁるし、勿論ルートも研究済みなんや。食べへん奴の食料剤をもろうて、しこたま溜め込んだし、毛布なんかもくすねて、長期戦にも備えてあるんや。温かい季節やったらもっと好かったんやけど、処理する為に奴らがワシの部屋に引っ立てに入ったら蛻《もぬけ》の空、っちゅう寸法にしたかったんや。成功すると思うけ？実行するっちゅうことが重要なんで、結果は二の次なんやけど、やるからにはやっぱり成功したいんが、人情っちゅうもんやないか」彼は照れ隠すように、煙草を踏みにじっている足の動きを見守りながら、不安な結果と争っていた。ふん切るように、やおら立ち上がると、ビルの方を向いたまま、「同意も肯定もいらへんけど、こんな奴がいてもええやろう。ワシの死に様は、ワシが決めたるんや」言い残して足早に去って行った。彼が残していった吸殻を拾い上げると、もうそのうしろ姿はなかった。

翌々日の朝食は逃亡者の噂《うわさ》で持ち切りで、あれこれと取り沙汰され、面白半分の科白《せりふ》が飛び交っていた。何といっても興味をそそるのはその結果で、必ずや捕まるに違いないと祈る思いが圧倒的だった。その噂《うわさ》話が忘れ去られた頃、逃亡者が逮捕された、と電光掲示板に流れ去っていった。彼は輝かしい勝利を手中に収めたのだった。たった十一日。

糞っ垂れ《クソッタレ》！　ホンモノを生きんと欲する人間の末路は、敗北しかないというのか。ならば、いったい人間とはなにものなのか！

夜のベンチは足元が冷たく、透明な風が頬をかさつかせて通り過ぎ、白く冷淡な月光が一面に貼り付いていていた。まだ生き延びている木の葉と、死に落ちた枯葉だけが微《かす》かな音を立てている。乾燥していがらっぽい煙草が咽喉《のど》を刺し、身体は潤いを求めていた。美術館で、絵に熱中している人の視界を遮るのにも似て、切り刻まれた神経と元来持ち合わせていない分別が、立ちはだかった。

「茅野さん、これが最後のチャンスです。組織は完全に出来上がりました。中央は全国の全ての村を統括し、ここの二十八村もひとつに纏《まと》まりました。これからは具体的な行動に着手する段階に入ります。中央の指揮のもとで全国一斉に。我々が勝利することは、火を見るよりも明らかでしょう。積年の恨みを晴らすときが来たのです。忍耐強く積み重ねてきた地道な努力が、とうとう報われるのかと思うと、自然と身震いしてしまいます。その解放の瞬間を、共に迎えようじゃありませんか。今なら指揮者になって頂けます、まだ間に合うんですよ。実は、あなたに断られたことを報告しなかったんです。だから安心して下さい、僕以外には誰も知りませんから。タイムリミットは明日いっぱい、明後日には手遅れになります。是非とも良いご返事を、期待しています」長居するのは危険だとばかりに、藤原は頭越しに一方的な早口で喋り、逃げるように小走りで立ち去った。豊かな黒髪を綺麗に撫で付けながら、それでなくても近寄り過ぎの茶色い目を更に引き寄せ、興奮の坩堝《るつぼ》に両足を突っ込んで、釜茹《かまゆ》でになっていた。純情で熱し易く、子供っぽい正義感に溢れ、思い込みに満ちた断言口調の張りのある嗄《しゃが》れ声が、何処となく痛々しく耳に残った。

入れ違うように、ふらつく足取りで蛇さながらに、学者がやって来た。明らかに酷《ひど》く酔っ払っており、斜面に差し掛かる所で木の根に躓《つまず》くと、こける寸前に手を突いて、やっとのことで倒れるのを免れた。ぐらつく頭をもたげて私を見上げ、薄汚く涎《よだれ》を垂らして惨《みじ》めったらしく、えへらえへらと笑い掛けるのだった。這うようにベンチに辿り着くと、気だるそうに力なくドッサリと落ちた。その拍子に、私に上体を浴びせて寄り掛かり、肩を抱え込むように深く腕を廻した。酒臭い息を荒げて吐きながら、悲愴に歪んだ蒼い顔をグイッと突き出し、互いの額を擦り合わせた。冷え冷えとした木漏《こも》れる月の光が、彼の蝕《むしば》まれた眼球を露出しては消えた。

「もう終わり、終わったんだ。全部燃やしちまった。書き貯めたものも、本も、何もかもだ。処理される極限状態にあっても、生きる思想なんて出来ないんだ。人間は徒労なんだ。茶番に過ぎないんだ。それが現実なんだ。いったい何の為にやってきたんだ。チクショウ！　解かるか？　この気持ちが。馬鹿にしてるんだろう、何も出来なかっただろう、って。惨《みじ》めったらしい奴だって、嘲《あざけ》ってるんだろう。仰せの通り、敗けたんだ。クソッ！　せいぜい蔑《さげす》みやがれってんだ」悪態をついた。

「辛い、本当に辛いねえ……。情けないねえ……」泣いた。皺《しわ》くちゃの声を張り上げ、喚《わめ》いた。立て続けに悪寒が走り、間断なくブルブルッと、全身を打ち震わせ続けていた。ボロボロ落ちる大粒の涙と鼻汁と涎《よだれ》が入り混じり、顎《あご》から喉元《のどもと》へと這い伝った。赤ん坊が母にむしゃぶりつくのにも似て、私を求めていた。無念、残忍、哀れ、だった。そのまま、決して救われることのない眠りに落ちていった。私は痛ましくも軽い彼を背負い、部屋に寝かせた。自分の姿が重なり合っていた。

翌朝早く、西端のお見送り場で、学者の死体が発見された。おそらく、明け方にビルの屋上から羽ばたいたのだろう。彼はコンクリートに叩きつけた屍を、肆《さら》していた。部屋のカレンダーには、朱文字で『滅亡』と殴り書きされていたと、誰かが小賢《こざか》しく説明している。ねっとりと赤黒い血に塗《まみ》れた、逆立ち乱舞する白髪。むごたらしく、叩き潰した柘榴《ざくろ》のように、割れ砕けた頭蓋骨。どろりとはみ出る脳髄。まだ心持ち生温かい額に、私はそっと唇をつけた。

糞っ垂れ《クソッタレ》！　どうしてもこうしても、敗北しかないというのか！　辛酸を舐《な》め、悲惨の泥沼を這いずり回るだけの、生きようとして生きられなかった人間。しかもそれは、彼自身がいちばんよく承知していたのだ。嗚呼《ああ》！

反乱組織は摘発された。いざこれからという彼らの希望の隙《すき》を突いて、人々の眠りを破ることさえなく、闇に紛れて瞬時に行なわれたのだった。弛《たゆ》まぬ調査と周到な準備、獲物が太るのを待つ余裕と智恵、時期の到来を見抜く目、綿密な計画と素早い行動。何をとっても組織に勝っていた。〔村〕は組織を知っていたが、組織は〔村〕も己さえも知りはしなかった。弓は限界に至るまでギリギリと引き絞られ、その極限で放たれた矢が、見事に標的を射抜いたのだ。森田村長と藤原の優劣が如実《にょじつ》に現れた、当然過ぎる結末だった。一号村から全村へと情報が行き渡り、二十八村で一挙に一人残らず一網打尽に捕えたと、何度も繰り返し光る文字が、勝ち誇っていた。悲しいくらい少ない逮捕者の名が流れていき、その度にどよめきや囁《ささや》きが起こった。隣のテーブルの噂話《うわさ》によると、藤原は連行された際に、

「過《あやま》ちを許すのか、過ちに加担するのか、過ちを続けるのか！　僕が処刑されても、いずれ誰かが必ず成し遂げるんだ！」と喚《わめ》き散らして狂ったように暴れ、小突き回されながら、引き摺られて行ったということだった。

嗚呼《ああ》！　純朴が罪だというのか！　汚れ腐った狡猾《こうかつ》な智恵が勝ち続けるのか。彼があれほど愛した社会は、決して彼を愛しはしなかった。引き裂かれた片想いの恋心を胸に、でっち上げの空虚な希望を支えに、彼は真実を知らぬまま、滅び去っていったに違いない。

開けたドアの前には、山本の福々しい赤ら顔があった。濃紺の手編みのセーターを着ており、腹の部分だけ編目が広がって、その下に着ている白が目立った。意図しないお笑いの本質が、見え隠れしていた。彼は肉に埋もれた小さな眼《まなこ》から、愛想よく笑いを零《こぼ》れさせながら、

「用事があって事務所へ行ったら、土井さんからあなたを呼んでくれないかと頼まれたもんでね」今にも手を揉《も》みしだきそうになりながら告げた。

「実は用事というのはですね、年が明けると妻が入って来るんですがね、このことは以前にお話ししたよねえ。この一号村に内定したんですよ。夫婦用の部屋で、一緒に暮らせることになったんです。ちょうど上手い具合に、旦那が期日で、奥さんが女子用の村へ移るという人がありましてね。ずっと前からお願いしていたんですが、それが希望通りに叶ったんです。まだ二箇月以上も先のことですが、ここは人の出入りが確実ですからね、早くに計画出来るという訳ですね。つい今さっき、土井さんから聞いたとこなんですよ。そうそう、事務所へ行って下さいよね、嬉しくてついつい自分のことばかり話してしまって。嬉しくってね」彼は今にも泣き出しそうになるほど、その豊満な頬がはち切れんばかりに、満面にたたえた歓びを残して、ひょうきんにユッサユッサと身体を揺すって行った。

畜生《チクショウ》め！　せいぜい幸せに処理されるがいい。

事務所には土井が一人でいた。事務椅子に深々と座り、上半身を反り繰り返らせて背もたれに乗せ、長い四肢を四方にだだっ広げて、だらしなく傲慢に空間を占拠していた。私と目が合うと、いかにも億劫《おっくう》だと言いた気に尻を滑らせて上体を起こし、邪魔臭そうにだらけた態度で、

「これに掛けて下さい」隣の椅子を指差した。私は黙って腰を下ろした。

「あなたは面会を拒否されるんですね？　えーっと、お孫さん一人の申し込みになってますね」資料に目をやりながら、他人事だといわんばかりの、いたって事務的な口振りだった。

「ええ」

「じゃあ、この紙にサインを」事務机の上、私の目の前に紙片を置き、署名する場所を指先でコツンと叩いた。自分の意志で面会を拒絶したことを証明する用紙だった。

「結構。次は、えーっと、そのお孫さんに手紙を書いてもらいます。この紙と封筒で」私が戸惑っているると見るや、ぶっきらぼうに言葉を投げ付けた。

「会わないとか来るなとか、あなたの意志があなたの字で伝わればいいんです。要するに、村が拒否させたと誤解されない為なんだから」突然の要求に、私はどうしたものかと思案を巡らせた。これまで一度も手紙を書かなかったが、確かに、音信不通にしておくよりも、何かを送ったほうがいいのかもしれなかった。

「慌《あわ》てることはないですよ、時間はたっぷりあるんだから。なんなら、辞書も貸しますよ」嫌味ったらしい目線を投げ、皮肉るような小馬鹿にする薄ら笑いで、口許を歪めた。ほんの数秒のことだっただろう。彼は非現実に退き、不在の純が現実となっていた。『人間の来る所ではない』私は書いて、封じた。

入村して半年が過ぎようとしていた。残る半年で、特にこの冬の間に、私は自分の人生の結論を求めようと考えていた。私はいったいなにものなのか、人間と呼べるのか、私は生きたか、充分に人間を生きたのだろうか。人間として、木々や花々や豚や蛇や蜘蛛《くも》や蜥蜴《とかげ》以上に、生きたと言えるのだろうか。常にそれであろうとした精神は、自ら新たなる地平を切り拓き、己の生を現実に刻み込んだか。

狙い絞る弓として、飛び突き刺す矢尻として、差し示し射抜いたか。佇み、沈み込み、閉じ籠《こも》り、人間的なるものを超克したか。その上で、胸襟《きょうきん》を開き、人への情愛を成就《じょうじゅ》することが出来たのだろうか。その最後の結論を出すべきときが、自ら下す審判の日が、魂を盗む悪魔のように、足音もなく不気味に忍び寄ってくる。

正午に遠くない午前、おどろおどろしい思惟の塊《かたまり》に溶け込み続けて、酷《ひど》く焼ける渇きを覚えた。いつになくロビーへと降りて行き、コーヒーを求めて、心ここになくいつもの席に座っていた。所々に数人ずつで席を占め、トランプに興じる人達の喚声や、取り留めのない会話が飛び交っていた。庭では芝生に座り込み、弱まっていく太陽の恵みを慈《いつく》しみながら、日向《ひなた》ぼっこを楽しむ人々の姿が散見された。白いレースのカーテンから零《こぼ》れる陽光が、テーブルの上で目眩《めくるめ》く揺れ煌《きら》めき、気ままに舞い踊っている。

「こんな時間に来るのは初めてだな」わざとらしいなと思いながら、わざとらしく独り言を呟いた。半年振りのコーヒーは、温かくて苦み走った。咽喉《のど》を湿し、食道を通過して、胃袋に染み入るように落ちていった。その衝撃は予想を遥かに超えて強く、身体の中心で地震が起こり、苦みが脳にまで達する程だった。再び口にするのを躊躇《ためら》い、紙コップを抱えた両手に伝わる温もりを感じながら、今という時に相応《ふさわ》しい味だと思われた。

ロビーの隅っこで観葉植物が揺れ動くのに、ふと気付いた。一本ずつ順に、揺れは移って来ている。

と、急にヌッと人が立ち現れた。テーブルの陰に、うずくまっていたのだろう。それは例の女性だった。掃除をしているらしく、紺色の作業服の袖をたくし上げ、雑巾を手にしていた。小さな身体で、重そうにバケツを持ち上げ、びっこを引きながら次の場所に移動すると、すぐさましゃがみ込んで、仕事に取り掛かった。直径四十センチ程の陶器の鉢を左手で押さえ、先ずは円周状の淵を丁寧に拭き、雑巾を裏返し、外周を磨き上げるように、入念に拭《ぬぐ》っていた。テキパキと機敏で小気味好い手付き、しかも決して雑ではなく、むしろ神経質に過ぎる印象すら与えた。終えた結果を厳しい眼差しで点検し、端から次々と進めているのだった。やがて私のすぐそばまでやって来て、同じ作業を繰り返した。拭く瞬間には呼吸を止め、華奢《きゃしゃ》な手首から先に全力を集中し、黙々と身体全体で立ち向かっていた。人がいることなどには目もくれず、視線は鉢へと絞り込まれ、立ち上がった瞬間には、もう次の鉢を鋭く見やる有様なのだ。汚れを取り除いて綺麗にするという目的に、意識も動作も完璧に一致し、まさしく、それそのもの以外のなにものでもない。一点の非の打ちどころなく、一心不乱に事に勤《いそ》しむその姿は、凄まじささえをも伴って、比類なく美しく、眼を刺し貫かんばかりに、目映《まばゆ》く光り輝いているではないか。私は戦慄《せんりつ》に打ち震えた。一挙に総てが開示された。思わず知らず立ち上がり、僅かな片鱗《へんりん》をも見逃すまいと眼を見開き、固唾《かたず》を呑んでその一挙手一投足を具《つぶさ》に追った。無言の教えに、わなわなと震え、いつまでも止まりはしなかった。

第3章　何処《いずこ》へ

1. 終焉《しゅうえん》

ケイタイの目覚ましメロディ。悟、寝たまま、寝袋からゴソゴソと腕だけ出して伸ばす。テーブルのケイタイを手に取り、音を止める。片目だけ、無理矢理に瞼を引きはがす。6時。指示されたわけではない。自分にはあまりに早すぎるのだが、助手としてはこんなものだろうと、見当をつけてのことだった。いつもと違う状態にもかかわらず、前の日が早起きで睡眠不足だったせいか、短時間だが熟睡したようだ。横になったまま手足をくねらせ、さなぎが脱皮するように寝袋から脱け出る。解き放たれた気分に誘われるまま、四肢を大の字に目いっぱい広げ伸ばす。

「ウゥーン」力んでうなる。筋の緊張、関節が軋《きし》む。反動をつけ、ガバッと勢いよく跳ね起きる。首をグルグル回し、ミキミキいう音を聞くのが快感。失われる平衡とその回復。

「フーッ」大きく息を吐く。独り言と同じ効果がある。

「さあ」言い聞かせ、茅野の部屋へと様子を見に向かう。ドアがなく開きっ放しの入口から、首だけ突き出してなかを覗く。いない。夜中最後に見た残像、ベッドにうつ伏せに寝転んでノートを読む姿は、消え失せている。ホッとするような、どうしたのかと気がかりのような。目をこすり、しっかり見開きながら、通路の左右を見渡す。誰もいない。

「庭かもしれないナ」頭と口のなかで呟き、瓦礫《がれき》を踏み越えて外に出る。新しい一日の、冷んやりと澄んだ無垢《むく》な空気。ブルルッと身震いが起こる。すでに力強くまばゆい太陽光線が、いたる所に燦燦《さんさん》と降り注いでいる。反射と紫外線。寝起きの目に沁みる。左手をひさしにゆっくり歩きながら、ベンチからベンチへと視線を送る。見当たらない。立ち止まり、

「センセーイ」大声で呼んでみる。はるかかなたで、かすかな木霊《こだま》がわずかに聞こえたようにも感じられる。そうだ、

「例の切り株かもしれない」ふと閃《ひらめ》いて、裏側へと小走りに急ぐ。なぜ急いでいるのか、あせる気持ちのなかで分からない。意志なのか、何かに操《あやつ》られているのか。脚が回転する。はためくズボンのすそ。飛びすさる赤土、石ころ。ビルの角を曲がった瞬間、誰も載せていない切り株。立ちつくしてしまう。母親とはぐれた幼児のよう。置き去りにされたのではないか、よぎる。突然にひとりぼっちにされたのでは。たちまち不安がムクムクと増殖してくる。薄ら寒さが背すじに触れる。

「センセーイ」さらに大きい声をしぼり出して叫ぶ。息を止め、耳をそばだてる。ムダ。もしやと思い、部屋へとって返す。

「センセイはケイタイを持ッてないから、連絡しようがないじゃないか。イッタイ、どうしろという

んだ」ブツブツと独り言《ご》ちる。脚はおのずと気ぜわしく速まる。階段で大きい破片を踏み落してしまう。

「クソッ！　何をあせッてるンだ」いない。からっぽの部屋。主のいない空間に立ち入り、何かヒントがないものか、つまびらかに見回してみる。荷物がない。燃料電灯にノート、あのピストルが入っている手さげカバンも、跡形ない。

「みんな消えてしまッた！」感覚を言葉に固める。両手で頭を抱えたとき、テーブルに紙切れを発見。飛びつき、引ったくり、くい入る。『助手は終わった』。たった1行、走り書き。置いてきぼりだ。1人でどこへ？　秘密の場所でも？　誰かがいる？　何をする？　ピストル？　いやいや、もしかしたら帰ったのかも。この山奥から歩いて？　なぜなのか。浮き足立つ心地であれこれ考えてみるが、納得いく答えは見出せない。

「いずれにしても、ボクはもう必要ないんだ。放り出されたンだ」失意のどん底におとしめられ、血の気が引くように気が抜けていく。ベッドにドサッと尻から落ちる。淵で突然背を突かれ、底へと転落していく気分。穴底の暗黒・無音、孤独が寒々と凍り始める。こめかみを貫き通す恐怖、戦慄《せんりつ》が走る。同時に冷静な自分がじっと耐えてたたずみ、キツネにつままれた状況に、好奇の目を向けている。突き止めてやろう。意を決し、ケイタイを取り出す。カヤノと打つと、向こうで着信音が聞こえる。有線時代の古びたメロディライン。笑ってしまう。

「……茅野ですが……」おそらく奥さんなのだろう。たどたどしく、いかにも電話慣れしていない。おどおどと相手を探り、できれば名乗りたくない。正体が分かってから、態度を決めようとする口ぶり。その目つきは想像するにかたくない。社会にまみれたこともないお嬢さんか、内気で猜疑心《さいぎしん》の強い性格なのか、神経質で不安や恐怖を抱えているのか。正攻法でいこう。

「茅野センセイのお宅ですネ。ボクはセンセイの助手で池田悟といいます。奥サンですか？」

「……ええ」そうではありたくない、とでも言うのだろうか。カの鳴くような声が消え入りそう。

「センセイから、何か連絡はありませんでしたか？」いちるの望みを託して耳を立てる。つくづくとため息。気息を整える異様に長い間《ま》。あせり立つ悟には、とほうもなく長く、長い。

「いいえ、何も……」悟、どう話をつないだものか、困惑を覚える。もっといろいろなケースを想定し、ストーリーを組み立ててからかけるべきだった、頭の中で反省。いまさらあとには引けない。事実を知らせないわけにはいかないな。瞬間わざで、心配を断ち切る勇断を下す。

「一緒に〔老人村〕の跡地に来たンですが、今朝になッて、センセイがいなくなッてしまッたンです。付近も捜したンですが、見当たらないんですヨ。それに荷物もなくなッているンです。ボクに書き置きがあッて、助手は終わッたと……」様子がおかしかったことや、ピストルのことは言えない。何か喋ってくれたら……。黙。

「そう……。（長い間）とうとう来たのね。（短い間）そのときが」かたこと、とぎれとぎれ。圧し殺

す悲しみ、深い嘆き。向こうで黙り込んでしまう。二の句を継げない重苦しさが支配している。忍びがたい時の流れ。唐突に、

「池田さんとおっしゃったわね。うちに来ていただけません？　もし、よろしかったらですけど」さっきまでとは打って変わって、何かをふっきり、決断したかのよう。控え目な言い回しながらも、しっかりした声音。悟、迷わず飛びつく。

「じゃあ、今すぐそちらへ向かいます。3時間半くらいで着きますから」地獄で仏、思いのほかこの上ない招待。何かが分かるかもしれない、いやきっと分かるに違いない。釈然としない経緯に、光明がもたらされることだろう。ワクワクする期待に押され、荷物を片づけもせずそのまま両手に抱きかかえ、転がるように車へと走る。最後にもう1度、

「センセーイ！」微風にささやく木々。

目指す家は、市内を通り抜けてしばらく行った、小高い丘の住宅団地にある。前世紀後半に流行《はや》った一戸建て団地には、いまや住人はほとんどいない。朽ちかけた無人家屋が目立つばかりの荒廃ぶり。丘の上のせいか風が強く、家のあいだをうなりながら吹き抜けていく。心地よく晴れ上がった昼前というのに、人気《ひとけ》なくがらんとした道路。太った野良ネコがノッソリノッソリと横断する。薄気味悪さだけを残し、世代とともにさびれていった街。〔村〕に収容され、果てていった、いまは見ぬ人々に思いを馳せずにはいられない。たとえ1秒でも早くと、オートドライブを使わず、3時間あまりブッ

通しで運転し続け、やっと着いた。急いで降り、不気味な風だけを耳にする。市内ではもう見かけることのない、年老い古びた木造。珍しく門も柵もなく、荒れ放題の庭が道から見通せる。全家庭に普及しているはずのセキュリティも、設置されていないのだろう。これで夜に明かりが灯らなければ、人が住んでいるとはとうてい思われないしろものだ。玄関のボタンを押すと、内側でいにしえのチャイムが鳴っている。なんとも微笑ましい。

「センセイらしいといえばらしいけど、よくまあこんなところに住んでるもンだ」わざと言葉にして、口に出してみる。電話の様子からすると、奥さんはどんなふうに現れるんだろうか。これからの展開も含めて、とてつもなく興味をそそられる。長時間のドライブに退屈しなかったのは、あれこれ想像したり考えたりしていたからだった。すりガラスの向こう、透ける人影が揺れる。来訪者が誰であるかを確かめることもない。格子戸が老人の膝のようにぎこちなく、ガクガクと躓《つまず》き開く。身が締まる。

「池田君ね。どうぞ入って」理恵、戸から顔だけ覗かせる。予想に反して、愛想よくにこやかな出迎え。気の滅入る面会になるだろうという心構えは、必要なかったのかもしれない。拍子抜けしたが、とっさに調子を合わせにかかる。

「池田です。おじゃまします」元気よくテキパキとあいさつ。小学生のようにピョコンと頭を下げる。理恵、フッフッと軽い笑いが漏れる。口もとに手を添える。

「茅野の妻で理恵と申します。よろしくね」わざとらしくゆったりと、鄭重に深いお辞儀。表情豊かな大きい瞳が、観察しながらいたずらっぽく和んでいる。背は低いが中肉。健康的な色に染まるふくよかな頬が、顔全体に丸みを与えている。濡れた黒い瞳。近視なのか、じっと見つめる癖があるらしい。くっきりと形の整った二重瞼、似合って映る。悟、靴を脱ぎ、廊下に1段上がって振り返ったとたん、

「椅子と畳とどっちが好き?」予期せぬ質問が唐突に飛び出す。答えを待ち受ける子供っぽい無垢《むく》な目が見上げる。悟、意表を突かれ、戸惑いながら、

「普段は椅子ですけど、たまには畳というのもいいかもしれませんネ」あいまいな応えをしてしまう。うわついた、自分ではないような声。

「じゃこっちね」理恵、感づいたとしても、素知らぬふり。奥へと案内し、襖《ふすま》を開ける。通された和室の入口でハタと立ち止まり、思わず見回す悟。三方の壁という壁には、天井にまで達する本棚が立ち並び、ぎっしり詰まって見下ろしている。その足元には、ところ狭しとうずたかく積み上げられた、おびただしい数の本また本。乱雑に散らばり、生き物のようにはびこり侵食し、畳を覆いつくしているではないか。いかにも学者の書斎らしく、まるでちょっとした個人図書館。庭に面する南向きのガラス戸だけが、侵略をまぬがれている。中央に置かれた変形の和机にも、いまにもなだれ落ちそうな山。机の下までも、潜り込んでいる。

「あそこに座って」理恵、机の向こう側、埋めつくされた床の間と仏壇を背にする場所を指さす。悟、

どうやってあそこまで行くんですか、つい訊きかけた言葉を呑み込む。散らかっているのか、広げてあるのか。慎重に足の踏み場を求め、抜き足さし足、1歩ずつその場所へと近づいていく。やっと指定された位置にたどり着き、身の周りを確かめてから、熱すぎる風呂に入るように腰をかがめていく。理恵、クスクスと笑い眺め、こっけいなその動作を楽しんでいる。

「ひどいもんでしょ。好き放題なんだから。座布団もないのよね、この家。お客さんなんて、ぜんぜんないんだから。池田君が初めてじゃないかしら。コーヒー？　それとも紅茶？」待ちに待った客を歓ぶ開放的な破顔。まるで長年閉じこもり、久方ぶりに人に会うかのよう。それでも、親しいあいだがらの友達に接する気さくさ。気づかい無用であることを、示してくれている。

「紅茶を飲んでみたいですネ」悟、まだうろたえながらも、ありがたくその調子に引きずり込まれていく。

「レモンがないから、ミルクよ」理恵、部屋を出かけに、思い出したように。上体を半身にひねって振り返ったそのしぐさが、少女っぽい可憐な魅力の糸を引いて残る。ひとりになると、どんな本を読んでいるのだろうと、つぶさに題名を追っていく。茅野の守備範囲の広さを示す、さまざまな分野の書籍群。だがそれらは、ジャンル別にも著者順にも区分されてはいない。

「イッタイどういう分類をしてあるンだろう。これじゃあ、調べるときに困るだろう」癖が小さく出る。部屋全体を眺め直すと、本に取り囲まれた中心に座っていることを、あらためて自覚させられる。

「これがセンセイの書斎なんだナ」今度は意識して言葉を発し、感嘆し独り合点する。大木の断面をそのまま用い、粗い木目も顕わな、年季の入った和机。天板の表面は滑らかに仕上げられているが、分厚い側面は透明な何かが塗られているだけで、樹皮のまま。机の端に積み上げられた辞書類。国語・漢和・英語・フランス語・ドイツ語・哲学辞典・精神病理辞典。手前には開けたままになっている、重厚な書物とファイル。ついいましがたまで読んでいたかのよう。カバーを取り払った表紙には、『人間の終焉《しゅうえん》』茅野聡著とある。20年あまり前にドイツで書かれたという、いまは亡き父親の著書だ。いまごろになって？　いや、再読か調べごとに違いない。開けてあるページを走り読む。特に引っかかるような意味合いは見出せない。なぜなんだろう、ぼんやりと庭に目をやりながら、今朝の不安がふたたび頭をもたげ始めるのを感じる。

「お待ちどうさま」理恵、お盆を手に、ソロソロと入ってくる。食器が触れあう音を立て、恐る恐る膝を突く。危なっかしい、慣れていない。片手で持ったまま、あいた手で本をのけて机の一角をあけると、そこにお盆ごと置いた。2杯の紅茶と砂糖、それにミルクポット。まるで幼い女の子の指が、頼りなげに繊細できれいだ。まったく化粧していないその顔。頬のつややかさが輝いている。惹きつけられるような濡羽色《ぬればいろ》の瞳がきわ立つ。

「お好みでね、自由にどうぞ」理恵、客に勧めるやいなや、カップに砂糖をひとさじ入れる。円周状に軽くかき混ぜ、スプーンを出してから、ゆっくりとミルクを縁に伝わせる。ミルクの白が、惰力でゆるやかに回りながら膜になっていく。悟、こんな飲み方は初めて見る。見習って、同じようにしようとする。

「甘いわよ、練乳だから。試しながら、少しずつ足していったほうが無難ね。私は甘いのが好き。練乳は彼の大好物。このまま舐《な》めるくらいなのよ、おかしいでしょう」理恵、クックッとひとり笑う。

悟、たあいなく快活に振る舞う素振りから、その後なんらかの連絡があったのだろうと推測され、不安を拭《ぬぐ》い去る安堵《あんど》が広がってくる。温かい紅茶が体内に流れ込み、その温もりが身体全体に沁み渡っていく。本題を急ぐ必要はあるまい、と断じる。

「さすがにたくさんあるンですネ。ここがセンセイの書斎なんですネ?」感心、感激したように尋ねる。

「違うわよ。ここは私の研究室なのよ」理恵、少し膨れっ面で怒ったよう。取り違えられ、これだけの本を読むはずがないと決めつけられたようで、癪《しゃく》にさわり我慢ならないのだ。悟、アブナイ、アブナイ。

「彼は、読み終わった本をここに置くだけだわ。それを私が読むのよ。研究してるのよ、私、彼をね。おもしろいでしょう。ヘン? オカシイ?」天真爛漫《てんしんらんまん》でざっくばらん。もう立ち直り、得意げでさえある。悟、面くらうが、強く関心を引かれる。

「じゃあ、これ全部読んだンですか?」

「もちろんよ。フシギ？　信じられない？」理恵、無邪気そのもの。悟の目をまっすぐに見つめ続けている。悟、それがちょっとばかり気づまり。視線をはずしたくなるが、そうはさせてもらえない。

「彼はとってもスゴイ人なのよ。偉大な人ね。死なずにものを書いたら、きっと名を残すでしょうね。でも、書かずに死ぬの。だから、私が代わりに書こうと思ってるのよ。彼の心情と思想を、ね」あっけらかんとした口調とは裏腹に、瞳の奥で静かな執念がきらめいている。悟、その異様さに驚嘆し、凍える不気味さに背を撫でられる。まるでふたりでひとり、いったいこんなことがあるのだろうか。

「彼は何も話さないわ。考えていることも、感じていることも。特に大切なことはね。自分が背負った辛さを、最後までひとりで担《かつ》いでいくつもりなのよ。でも、私には解かるわ、手に取るようにね。何を思っているのか、何を望んでいるのか。私はニーチェの妹のようなヘマはしないわ。してはならないのよ、彼のためにね。きっと、彼が自分で思っているよりも、ずっとホンモノの彼自身を描ける気がするの。ヘン？」理恵、同志を求める孤独な目を固定して、一直線にうかがい見る。悟、返答に窮《きゅう》する。病気ではあるまいが、いびつな愛情なのか、あるいは囚われなのか。はたしてまっとうなことなのだろうか、判断がつきかねている。ただ、何かしら杳《よう》として薄ら寒い、穏やかではないものが潜んでいることだけは、確信をもって受け止める。理恵、応えを待つことはない。

「初めてじゃないかしら。珍しいことに、池田君のことは何度も聞いたわ」悟、にわかに頬が硬直し、ふたりともが感じとる。

「5月16日、今日が誕生日でしょ。ハタチよね。20年前の今日、彼にとってこの上なく大切なおじいさんが亡くなった日」

「エッ！」悟、思わず息を呑み、理恵の目にくい入る。

「アラ、知らなかったの？　気づかなかった？　あなたはおじいさんの生まれ変わりなのよ、彼にしてみれば」刺さりあったままの視線。悟、いったいどういうことなんだ、どう理解したらいいんだ。身を固く閉じ、ピクリともしない。理恵、会話に飢えているかのように、次から次へと脈絡なく話題を弾ませ、喋り続ける。

「最初、私が惚《ほ》れたのよ。一緒にいるのはこの人しかない、と思ったものだわ。彼は断ったのよ、断り続けたの。失礼でしょ。私は微塵《みじん》もひるまず、求め続けたわ。むしろこだわりを強くしていったわね。とうとう彼はふたつの条件を出したわ。最後まで一緒にいられないだろうが、赦してくれるか。親になる資格がないから、子供は勘弁してほしい。それでもいいかってね。私は有頂天で、ふたつ返事で了解したわ。

　去年のいまごろだった。帰ってくるなり、すばらしい学生が入ってきた、目を見りゃ解かるって。それはそれは、スッゴク歓んでいたわ。あんなにも心の底から歓喜する彼の姿を見たのは、あとにも先にもそのときだけだった。それからも、ときどき噂《うわさ》をしていたの。この1年、彼は影からじっと見定めていたのよ。あなた、ゲノム人なんでしょ。それも理由のひとつなのかもしれないわね。人間は人間を救えないんだから。彼はね、あなたを後継者と考えたのよ。今度の〔老人村〕行きだって、はなからあなたに決めていたんだわ。池田君が応募してきたって、とってもうれしがっていたもの。おそらく、昨日が1回こっきりのテストだったのよ。そんな意図も思いも、何ひとつ話さなかったんでしょうね、彼のことだから」理恵、手の内をさらけ出す快感を、子供っぽい笑顔に、ありのまま表している。悟、ゲノム人と呼ばれ、茅野も自分をそのような目で見ていたということに、抵抗を覚えずにはいられない。が、卑下する気持ちなど毛頭《もうとう》ない。いまはそのことに係わっている場合ではないと、それにはとりあわず本すじを追う。

「それじゃあ、すべては計画されていたということなんですか?」目を丸くした悟に、間髪容《い》れず、

「してやられた? あなたに白羽の矢を立てたのよ。そういうこと」理恵、いたずらっ子のようにチラッと盗み見し、クックックッと含み笑う。

「センセイは、いまどこにおられるンですか?」悟、意気込んで尋ねる。すぐにでも飛んでいって会いたい。顔を見て問い質《ただ》したいことが山ほどある。

「知らないわ」端的な断言。偽《いつわ》りない目。

「エエッ!?」驚き、震撼《しんかん》する。あわてふためく。両腕を机にバンと突き立て、腰を浮かせ、グイッと身を乗り出してつめ寄る。挑むように睨みつけ、さし迫る勢い。

「知ッてるンでしょ! センセイから連絡があッたンでしょ!」目をむき、噛みつく。興奮の坩堝《るつぼ》。

「いいえ、ないわよ」ケロッと言ってのける。当然でしょ、といわんばかり。悟、取りつく島なく、返す言葉が見つからない。急激にムクムクと、胸いっぱいに不安が膨らんでくる。クラクラと目が眩み、気が遠のいていきそう。意識を集め、力をしぼり出す。

「突然消えたンですヨ。センセイもカバンも一緒に。ピストルも、弾が1発残ッて。カバンの中にあッたンですから。そ、それに、これを見てください。書き置きです」悟、ポケットにねじ込んであった紙片を取り出す。これが確たる証拠だと、乱暴に鼻先に突きつける。小刻みに震えるクシャクシャの紙切れ。理恵、渋々ながら2本の指先で挟み取る。恐ろしいものでも開けるように、息を潜めて用心しながら、丁寧にシワを伸ばす。ゆっくりと読みきる。悟、固唾《かたず》を呑んで固まっている。肩を落す理恵の深いため息が、部屋中に満ちる。貴重な宝物をいつくしむように、幼い指先で入念に折りたたむ。

「彼の字ね。この意味が解かって?」潤んだ漆黒の瞳が、ふたたび悟の目にまっすぐ注がれる。悟、腰を下ろしながら、

「ボクの仕事は終わりだと……」とたんに、

「違うでしょ!」ピシャッ、張りつめる空気が頬を引っ叩いた。

「助手は終わった。つまり、一人前になれということでしょ。もう何もしてやれない、自分の力で生きろと言ってるんでしょ。そんなことも解からなくちゃ継げないわよ。彼が泣くわ!」すさまじく手

厳しい一撃が、容赦なく襲いかかる。悟、己の不明を恥じ、理恵の思い入れの深さに驚く。

「じゃあ、センセイは。ヤッパリ、センセイは……」プルップルッ、口もとが引きつり震える。絶句。血が引いていく。眩む。

「腰を落ち着けて、紅茶を飲みなさい。彼の大好物の練乳を、たっぷり入れてね」悟、命じられるままにしようとする。練乳がゴボッと入ってしまい、震えるカップが前歯にカチッと当たる。咽喉《のど》に粘り着くものを飲み下す音が鳴る。恥ずかしさなど、湧いてもこない。

「彼自身が認めた後継者と、代理人を自認する者が、こうして彼を語ったのよ。きっと、彼が望んだ通りなんだわ」理恵、視点は宙空高くにあり、思いをかなたへと馳せている。

「今朝、5時前ね。きっと」瞑想するように目を閉じて、紛れもない確信をもって、小さく呟く。悟、何も言えずうつむき、カップに残る白い底だまりを見つめるばかり。

「こっちに来て」理恵、やおら立ち上がり、悟を見下ろす。子供っぽく手を上下にいざなう。廊下に出、悟、導かれるまま突き当たりまで進む。この古びた木造家屋には不似合いの、とってつけたような、明るいアイボリーのドアになっている。理恵、その前でパタッと歩を止め、振り返り見上げる。

「この家はおじいさんが建てたんだけど、この部屋だけは、彼があとから増築したものなの。設計も内装も、工事以外はみんな自分でやったのよ。ここが彼のお城。じつは、私もまだ1度も入ったことがないの。これがIDカードね。おかしいでしょ、家のなかにカードで開ける部屋があるなんて。私が入らないってことを知ってるんだけど、いつもこのカードで閉めるのよ。きっと、次に入るときに、これから入るぞ、って思いながら開けるためなんだと思うわ。いざ、入城しましょう。どんなだか、ちょっと恐いような、ワクワクするわね」気息を整え、カードをさし込む。音もなく滑らかにスライドするドア。

「アッ！」悟、思わずあげる叫び。〔村〕だ。あの〔村〕の部屋が、ここにある。理恵を押しのけ、薄暗がりのなかへと足を踏み入れる。ベッド・テーブルと椅子・ブラインド・タンス、すべてがそっくりそのままじゃないか。理恵が試しているのだろう、ベッドの下で小さく足元灯がつき、天井から柔らかい光が広がる。クリーム色の壁、ブラインドの草色。理恵、タンスを開けてみる。シャツ・ズボン・セーター、見たこともない古着がぶら下がっている。それらの下には、立ち並ぶ数10冊の古書。抽斗《ひきだし》に詰め込まれた肌着類は、古めかしく黄ばんでいる。

「きっと、おじいさんのものね」理恵の独り言に、吸い寄せられるように歩み寄る悟。中腰にかがみ込み、本のタイトルを丹念に調べる。フーッ、長い吐息。ベッドに座り込む。昨夜と同じ感触が、尻に伝わってくる。正面の壁、約1メートル半の高さ、掌くらいの黒ずんだ染み。

「そういえば、あの部屋にも同じようなのがあったナ」無意識に言葉が漏れ出る。つまり、ここはあの部屋、茅野が使っていた2040号室のコピーなのだ。

「池田君！」理恵、恐ろしいものでも見つけたのか、全身を固く縮み上げ、テーブルの上を目と指でさしている。悟、跳ねるように立ち、その先に目をやる。紙の束。黒ひもでとじられ、数100枚はあるだろう分厚さ。表紙には『ようこそ、老人村へ』と大書。とじひもにメモが斜めに挟み込まれ、『原稿のまま修正することなく出版してください』と記されている。悟の目をじっと仰ぎ見、大きくコックリとうなずいて見せる理恵。茅野が書いたものに相違ないのだ。悟、束をめくって流し読み始める。

「見て、これ」机の抽斗《ひきだし》のなか。示された茶色い封筒に墨書、『池田悟君へ』。自分の名前が、巨大に膨れあがりながら飛んでくる。いまでは目にすることもない墨。力強く太い文字が呼びかけているようだ。昂《たか》ぶりわななく指先で、不器用に封を破る。のめり込みむさぼり読む。不安げなわずらわしい視線が、しつこくまとわりついて離れない。まだ読み始めたばかりだというのに、

「なんて書いてあるの？　ねえ、なんて？」理恵、辛抱できないだだっ子のように、地団太踏んでせがむ。

『祖父は入村して間もなく、核心を看破《かんぱ》した。〔村〕もそこに住む人々も、世間のコピーにすぎないということを。人は自分の期限を知ってなお変わりようがなく、本性を暴露するのが関の山で、人生の浪費に現《うつつ》を抜かすしかないのだと。人は愚かさに支配され続けており、意味も価値も無力なのだと。祖父にとって期限は最後の希望だったが、虚しい現実に打ち砕かれ、最後の絶望と化した。ノートは当初半年ほど書かれただけで、最後の6冊目は破り取られたページのあと、背表紙の裏に『語るべき

ことなんら無し』の1行で終わっている。人は生きない、決して生きることに近づかない、それが結論だったのだろう。何を考えたのかは不明だが、人生の最後を実行しようとしたのか、記録によると、その後2年間村長を務めた。その間《かん》に、3人が拳銃自殺を遂げたとされている。野村恵美子とひと組の夫婦。彼らの死が何を意味するのか、理由も経緯もまったく分からない。だが、〔村〕で拳銃を持っている者はまずいないし、残された祖父の拳銃の弾数に符合するということは、紛れもない事実だ。貸したのか、あるいは殺したのか。社会正義が存在しないということについても、〔村〕は世間と同じだった。自己を確立しようとしない人々に、その実現の可能性はありえない。『人間の来る所ではない』と、当時私に書き伝えたのは、おそらくこの意味だったのだろう、人間不在だと。予想していた通り、自ら自身に手を下した。人間として生きることができなかった己を責め、処理される屈辱と時代社会への反抗として、当然すぎる結末といえる。遺書はなかった。

父については語りたくない。同志だったには違いないが、ともに生きようとすることはなかった。その思想だけが、著書の形で残されている。

祖母は愛情と思いやりに満ち、しかも毅然《きぜん》とした立派な人だった。黙々と忍耐強く自分の思いを実行していった。その姿に人生を教えられた気がする。拍手を贈りたい。

母にはお礼を言いたい。自分の生き場所を創り上げ、独りで立っている人。

理恵は覚悟している。同伴者であり、理解者だ。否定の上にしか成り立たない肯定を、生きようとしている。もう、僕につきあうな、と言ってやりたい。

人間は終わった
　始めることさえなく
蹠《もが》き蠢《うごめ》いた人間の
　その終焉《しゅうえん》を直視せよ
君たちゲノム人の時代
　人間を超えて生きられるか？
その最期は？　果ては？
　永遠を超えて……』

悟、茫然と宙をさまよい、ふぬけた脱け殻の腕が、ダラリと落ちる。理恵、素早く紙をひったくる。初めて見る毛筆の文字をひとつひとつ、瞳の奥底に刻みつけていこうとあがく。哀しみに満ちた、深い深いため息。

「あなたに託したのね、生きることを。テーマを残したのね、ゲノム人を背負いなさいって。おじいさんもお父さんも、そして自分自身も、そうしてきたんだわ。私だって……」唇を噛んだ。自分に注がれた愛情と悟への嫉妬《しっと》を、寂しく混交《こんこう》させながら。その声が空耳のように、悟をかすめて通りすぎていく。ベッドを背に、うずくまるように座り込む悟。理恵、そのかたわらに、母のような柔らかさで腰を降ろす。正面の黒ずんだ染みを睨み上げる。意を決したかのように、あらたまった調子で一方的に喋り始める。

「私が知っていることを、全部話すわね。聞いてほしいの。彼はごくわずかしか話さなかったから、ほとんどお母さんに教えてもらったことなんだけど。おじいさんは73歳になった誕生日の翌朝、処理される直前に、ピストルで頭を撃ち抜いたの。あの壁の染みは血痕ね、きっと。私たちは、その年の暮れに結婚したのよ。彼がね、喪中がいいんだ、って。奇妙な言い草でしょう。翌年の5月に、今度はお父さんが自殺したわ。自宅で、同じピストルで、やっぱり頭を撃って。『人間の終焉《しゅうえん》』の日本語版が発行された5月16日の夜中だった。おじいさんのノートとピストルが残されて、彼が遺品としてもらい受けたの。なぜだか彼は、おじいさんは死んでふたたび生まれたんだ、と言っていたわ。お父さんのことはろくに知らないんだけど、想像を絶するほどすさまじい人だったようね。私がお父さんを初めて見たのは、お葬式で棺に入っている姿なのよ。だって、結婚式も紹介もしないんだから。彼は口には出さなかったけれど、かなり嫌っていたようなの。自分を見ているようで辛かったのね、お互いに避けあっていたって、お母さんが悲しそうに嘆いていたわ。彼が一人っ子なのも、もうこれ以上苦しめないでくれって、お父さんが頼んだのだそうよ。でもお母さんは、これほどまでに人を深く解かって、しかも強く愛した人はいないでしょうねって。彼と交したふたつの結婚の条件を、私はお母さんに話してみたの。そしたら、あなたにもそのときが来るわ、覚悟を決めておくことよって。お母さんはとっても辛そうに涙声で、あと1発、純の弾が残っているって。それからなのよ、彼が読んだ本を追いかけて読むようになったのは。さっきの部屋にあったでしょ、机の上にお父さんの本が。あなたと〔村〕に出かける前の日に、彼は読み返したのよ。おじいさんのノート、お父さんの本、彼の原稿、みんな繋《つな》がっているんだわ。間違いなくね」悟、知らず知らずのうちに、惹き込まれている。

「じゃあ、センセイのこの原稿は、あのノートから」咽喉《のど》に絡みつく言葉を呟き出す。

「親子3代にわたる精神の彷徨《ほうこう》ね。でも、これでおしまい」いずれ色あせていくに違いない染みを、ふたり並んで座ったまま、睨み続けている。なぜこの話をする気になったのだろう。先生の意向に従って、後継者と認めたからなのか。理恵、忘れてはいけないというふうに、付け加えるように話す。

「おばあさんもスゴク偉い人だったのよ。お父さんのお葬式のときに、私たち3人の女が一堂に会したのよ。それが最初で最後だった。そのとき、おばあさんが私たちの手を取って、誇らしげに言ったわ。芳子、絵美、理恵、3者3様で生き方は全然違うけれど、みんなそれぞれすばらしい女たちねって。それから2カ月後に、〔村〕に収容されたの。お金で命を買ってはいけないって、彼を押しとどめて税金を払わせなかったわ。1年後の処理直前に、ビルから飛び降りた。血に染まった頭蓋骨が、みごとに砕け散っていたそうよ。走り書きが残されていたわ。これで正志に会いに行けます、って」

悟、店で原稿のコピーをとってくる。写しと遺書を手にたずさえ、理恵を気づかいながら辞す。秘密の部屋で別れぎわに、

「できることなら、私の腕のなかで死なせてやりたかった」小さな肩を小刻みに打ち震わせ、うつろな涙をひっそりと伝い落として、幼く呟く。長いあいだ覚悟し続け、今日という日を予期していたとはいえ、むごい。今夜ひと晩やりすごした上で、明朝に捜索願いを出すつもりだと、無理な作り笑いを歪める。そのとき、それが最後になろうとは、夢想だにしなかった。外はもうずいぶんと夜が深まっている。吹き抜けていく風のうなり。野良イヌたちの遠吠え。

2. 飛翔《ひしょう》？

人気《ひとけ》のないマンションの入口。オレンジの人工色がスポットで照らしている。カメラに顔を向けると、オレンジ光線に狙い撃たれ、眩しい。ドアが開く。光は1歩先をいく。冷ややかなコンクリートに反響する足音が乾く。やっと帰ってきた。ドアの認証部に人さし指をかざすと、スライドして開く。レモンイエローとマリンブルーのカクテル照明。ウッドベースの響きが迎える。ベッドに倒れ込み、ただちに原稿を読みにかかる。昨日から積もり積もった驚き、不安、緊張。とてつもない疲労と睡眠不足も、どこかに置き忘れている。まんじりともせず、一心不乱に読み耽る。目と精神を見開いたまま、息を潜め、読み進めていく。これほどまでに夢中に噛りついたことは、かつてなかったことだ。これほどまでに吸い寄せられ同化したことは、ついぞなかった。彼らがなにものであり、何を残して逝ったのか、その1点に囚われている。それが自分を決定づけるに違いない。茫漠《ぼうばく》とした期待と歓びを抱いていることを、胸の内でよく知っている。かすかな甘えもわずかな言い訳も厳として排除し、あらゆる妥協を拒絶する姿勢が、牙をむいている。人間として生きることへの過酷なまでの執念が、人力を超えて脈々と息づく世界をくり広げているではないか。人間そのもの、生そのもの、それそのものが、確固としてある広がり。その空間に抱かれて、すさまじい渇きと飢えに脅《おびや》かされる。言葉にできないうめきを咽喉《のど》に詰めたまま、世が白染み始めたころ、眠りに落ちた。

ケイタイが何度か鳴った？　取る気にならなかったような……、眠りのなかだったのか。ふと意識が戻ったとき、人の気配に気づいたのだ、と感じとる。片方だけ薄目を開け、目玉だけを少しずつずり動かし、周囲をうかがう。白々しくも見覚えのある顔、人間めいた顔。わがもの顔が臆面もなくそこにある。侵入者、その顔はいったい何を示しているのだろう。ピンクの唇が血に飢えたヒルのように気味悪く歪曲し、這えずりくねりうごめく。

「目が覚めた？」意味はよく解からない。音だけが耳のなかで響く。分裂をもたらす不協和音。気分が悪い、吐きそうだ。朦朧《もうろう》とかすんだ記憶の糸を、ひとつずつたぐっていく。美貴……佐藤？　かわいいと感じた？　……19歳、フランス文学？　テニス？　俗っぽい金持ちの娘、いったいなんだと言うんだ。なにものだと言うんだ。始めることなく終わっている輩《やから》じゃないか。踠《もが》きさえもせず。悪寒、鳥肌。距離、そらぞらしさ。違和感、異なるもの、違、異、違、異、イーッ！　少なくとも、同類ではありえない。

「どうしたの？　そんな目して。ダイジョウブ？　アタシ、ワカル？　ヨッポド疲れてたのネ、スッゴク眠ってたわヨ。それをシッカリ抱き締めて。昨日はサッパリ連絡くれないシィ、何回もケイタイしたのニィ、出ないんだモン。メールも見なかったんでショウ。誕生日のお祝いしようって、楽しみにしてたのに。あんまり心配だから来チャッタ。アタシが来ても気がつかないんだモン。ワカル？退屈だったからそれを見ようとしたら、宝モン盗られるみたいに暴れて、キッツク抱いて離さないんだから。アタシ、チョット妬《や》いチャッタ。ネエ、ホントにダイジョウブ？」金属をこすり立てる女声。こめかみにくい込み、鼓膜を破り、脳を刺す。美貴、喋りながらにじり寄り、額に手を触れようとする。その瞬間、悟、獣《けだもの》の汚らわしい手を払いのける。嫌悪。勢いよくガバッと跳ね起き、ベッドの端であぐらをかく。バラバラになりかけた紙の束を、狂ったようにあわてふためき、ていねいに整え直す。おもむろに両膝のあいだに抱いて安心。美貴、びっくり仰天し、叫んでしまいそう。声が出ない。忌み嫌う強固な拒絶のしぐさに、ただただ目を見張るばかり。踏み越えられない線、入れない別世界、直感的にピーンと思い知らされる。突き放され、いったいどうすればいいのか、オロオロするばかり。凛々《りり》しくみなぎる空気のなか、悟、美貴の目を抉《えぐ》り出すように睨みすえ、研ぎ澄ました鋭利な刃先で、ひとすじの切り目を入れる。

「ボクはゲノム人だ。ボクはこのゲノムを生きるンだ」決定的。思いもよらぬ突然の告白、ただならぬ決意。美貴、驚愕《きょうがく》、戦慄《せんりつ》、動揺。引きつる瞼、震える睫毛《まつげ》。目が泳ぎ、醜いヒルの歪みが満面に広がり渡っていく。まるで奇怪なものでも見るように、悟を舐《な》め回した目が、異人であることを如実に物語っている。腰が抜けたように言葉につまり、

「チョ、チョット考えさせて……」どもりぎみにかろうじて呟く。その場しのぎの言い逃れにすぎないことは、美貴自身がいちばんよく知っている。荒々しくバッグを引っつかんで立ち上がると、もう1度まじまじと見下ろす。すべてを語る雄弁な目つき。そそくさと逃げ去る。悟、その醜悪なうしろ姿を、網膜に焼きつける。

「これで終わり、だナ。これからがホンバンなんだ」自分の声を聞いている。

著者プロフィール
酒井 俊樹（さかい としき）
京都、吉田山に生まれ育つ。
思想を舐める。
2003年、小説『自殺』（文芸社）に於いて形而上学的生死を描く。

ようこそ、老人村へ *Merde!*

2004年12月15日　初版第１刷発行

著　者　酒井 俊樹
発行者　瓜谷 綱延
発行所　株式会社文芸社
〒160-0022　東京都新宿区新宿1－10－1
電話　03-5369-3060（編集）
03-5369-2299（販売）

印刷所　東洋経済印刷株式会社

ISBN4-8355-8279-9 C0093